自 序

这是我第一本真正意义上的散文精选集。

我将十年创作的精华，浓缩在这本书中，并花费数月，对过去的文字进行逐字逐句的全新修订。整个行程，仿佛划一叶小舟逆流而上，将十年光阴重新走过；中途多次停下，安静凝视这段在异乡书写故乡的珍贵岁月。

这是迄今为止，我个人最珍爱的作品。不仅因为它来自我的故乡，同时带有我在北疆大地十年生活的印记；更因为这是我开启明确主题写作，并具有清晰创作自觉的十年里，结出的一枚饱满的果实。它摇摇晃晃地挂在童年的枝头，隔着三十年的漫长光阴，向千里之外的我，绽出明亮的笑容。

我常常希望穿上隐身衣，像一个天真的孩子，在童年的村庄里，沿着那些老旧的街巷，再无所事事地游荡一次。我已经很多年不曾回过出生的那片土地，或许，此后的很多年，我也不会抵达。我就这样依靠回忆，无休无止地写了十年，将弥漫了半生的根植于童年的哀愁，全部化成文字。在梦里，我常常回到炊烟缭绕的故乡，那些知晓我一切秘密和爱恨的人，还像他们年轻时的样子，站在大道上说笑，算计，嫉妒，吵嚷。一阵风吹过，整个村庄都晃动着细碎的金子一样的阳光。

回顾二十年的创作，我忽然发现，我其实从未真正地离开过童年，那敏感的、孤独的、惶恐的、不太快乐的童年。那段生命最初的岁月，仿佛化作一条流经我一生的河流，不管我走到哪里，它都亦步亦趋。以至于我整个的写作视角，对于世间万物的认知，都带上了童年的印记。

命运最终将我带到千里之外的蒙古高原。当我远离故土，站在辽阔无边的草原上，我才意识到我拼命想要逃离的故乡，于我的生命多么重要。简单的爱与恨，并不能涵盖我对这片土地深沉与复杂的情感。事实上，我有多么恨它，就有多么爱它。它让我成为而今的我，一个坦诚面对自我生命的独立的个体，一个站在塞外北疆的大地上，时时浮起万千哀愁的我。

本书描绘了我童年视角下的乡村生活图景。乡村琐碎人事，动植物，以及天地间那些虚空的慰藉了人类哀伤的事物。我几乎将自己的前半生，全部放置其中。北疆呼啸而过的粗粝大风，一日日吹过我的窗前，我在风的吼叫声中，借助文字，一次次回返梦中的家园。此书既是我对过去人生的总结，也是十年间我对生命、故土、迁徙、自然及天地万物认知的呈现。

文字记录下的看似是个体的生活，却代表了我对20世纪80年代以来乡村民众的观察，以及跟我一样从乡村走入城市的一代人的思考，并纳括了我对人与人、人与自然关系的反思。

在我的少年时代，生命在乡村是卑微的，人们缺乏对于生命，尤其是弱小昆虫草木的尊重。生与死，如同四季的更换，在无数个村庄里日日上演。而当我抵达位于中国最北方的呼伦贝尔草原，我第一次意识到生命的可贵和人类的渺小；草木牛羊、狼群骏马、鹰隼飞鸟，它们才是大地上真正的主人，人类不过是借助于它们，在天地间生存。万物相爱，让其保持自由的生命样貌，不去打扰，亦是对人类自我的尊重与保护。而让每一个生命，像草木虫鱼或者风与云朵那样自由舒展，也是沉默却永恒的天地，给予我们的启示。

我因这样的启示，热爱北疆广袤大地上的一切。犹如热爱给予我生命的故土。

是为记。

尘世

第一章

鸟与流

飞河

秋天总是让人觉得萧条。地里的大豆啊、玉米啊、地瓜啊，一收割完毕，整个村子就变得空旷起来。风冷飕飕地吹过来，要将一切都扫荡干净的架势。我在田垄里捡拾黄色的野果，在袖子上简单地擦擦，便一口一个吞了进去。野兔乘人不备，嗖一下蹿出去很远，可是因为田间太空荡了，毫无遮拦，于是它们被瞬间捕获。我觉得秋天里的自己，就像是一只孤独觅食的野兔，有无处躲藏的空。

秋收

秋天一到，村子里便有一种怀孕女人马上临盆的焦灼的幸福感。昔日炊烟袅袅的平静的生活，忽然间被打断了。站在大街小巷八卦别人的女人们，也调转舌头，开始朝自家男人开炮。开炮的目的当然是督促男人磨刀霍霍向庄稼，而不是依然在胖婶家的麻将桌上流连忘返。

其实不用女人们唠叨，男人们也知道大展身手的时机到了。秋收的时候，娘们能干啥呢？不过是烧水做饭推推板车。当然，女人们根本就不服气，认为自己是十项全能，什么都能做的。比如掰玉米吧，男人们掰一垄沟的时间，女人们也差不多能跟他们齐头并进，落不下多远。就连被认为是秋收累赘的我们——小孩子，也自有用处。所以整个秋天，全村老小都是沸腾的，好像那高粱顶上喝醉了酒的穗子，被风一吹，就更加站不稳，于是一直倾斜下去，快要触到地了，才忽然间又直起来，看一眼这成熟的、芬芳的、醉醺醺晃动着的大地。

和村里其他人家一样，我们家也早早地分了工。我管烧水，姐姐负责做饭，父母去掰玉米，砍玉米秸，收割黄豆，并将玉米黄豆运输回家。而后全家老小一起上阵，扒玉米皮、编玉米、将玉米搬到平房上晾晒。我喜欢烧水，不仅因为烧水的时候，可以趁势将一块从人家场院里偷挖来的地瓜烤熟，还因为我能一个人在家里烧蚂蚱吃。姐姐是不屑这些幼稚的把戏的，只要我烧开了水，完成了父母交给的任务，她也就不再管我，让我化作院子里的一只蟋蟀，或者一个蜗牛，一朵喇叭花，尽管悄无声息地活着就是了。我最擅长将一个生地瓜变成外焦里嫩的烤地瓜了。我会在烧水前就掏挖干净炉灰，把地瓜放在炉子底下，点燃捡拾来的朽木、树枝或者陈年的玉米锤后，便可以坐在炉子旁边，等着水噓噓地冒着热气自己烧开。在烧水的间隙，我会将捉来的蚂蚱暂时放在罐头瓶子里养着，喂它点水啊、豆角啊之类的吃的喝的，以便一会儿可以肥肥壮壮地供我享用。当然，那蚂蚱一定是田间地头最大号的蚂蚱王。绿油油的、肥硕的身体，一看就是喝足了一个夏天的露水，只等着秋天有力气在砍伐干净玉米的田地里，奋力地蹦出人的掌心，或者车轮的碾轧。

假如我只顾着玩蚂蚱和翻烤地瓜，没有及时将水烧开送到地头上给父母泡茶喝，那一定会招来父亲的一顿恶骂。如果我的嘴头子上还有吃烤地瓜时留下的黑乎乎的印记，那就更惨了，几乎会有被累得满头大汗的父亲暴打一顿的危险。所以我再怎么贪玩和贪吃，也还是会记得自己的正职是烧两暖壶水，提到自家地头，并给父母倒进茶杯里，再将空的暖瓶提回来，继续烧水。一路上，我会在满载着玉米的板车流里，回味一下烤地瓜的香甜和不幸被我吃掉的蚂蚱的肉味。蚂蚱的肉也就一个指甲盖那么大，不够塞人的牙缝，我却吃得津津有味，将那块肉嚼得烂烂的，充分咂摸着每一丝鲜香，并回忆着片刻前蚂蚱在火里发出的嗞嗞啦啦的响声，这才一咽唾沫，将细小的肉一起吞了下去。

　　我每次都会走神，以至于常常走过了自己家的地头，或者被拉板车的大人们吆喝："快让开点，别挡道！这孩子怎么不懂事呢，都忙得火烧眉毛了，她还那么清闲！"这话有时候会被长舌妇传到父母口中去。如果母亲忙得根本无暇关注这些琐事，那么这一灾也就算是过去了。如果母亲恰好上了心，知道我干活心不在焉，就会在看到我的时候，骂我没有眼色，明明对面那个老娘们的车开过来了，我还不知道避让，小心脑袋给镰刀削掉！我从来不会辩驳什么，我知道母亲根本没有时间多骂我，很快父亲就会在地的那头叫起来，催促她赶快将掰下的玉米捡拾成一堆，等着父亲的下一车来装。我瞅准机会，悄无声息地就溜走了。

　　一旦第一车玉米倒在院子里之后，我也就别想烤地瓜了。即便烤完了，也没有时间去吃。我被迫坐在玉米堆旁，有些无奈地叹口气，便开始了我的剥玉米的"职业生涯"。

一整个秋天，我好像都在剥玉米，无休无止地剥着。尤其是夜晚，天已经凉了，露水打湿了我的鞋子，连头发上都好像落满了霜，我也困倦得快要变成玉米里的一只虫子，蜷缩着睡过去了，可是父母因为疲惫而产生的一阵争吵，还是让我强打起精神，一个一个地剥下去。天上的月亮慢慢成了月饼一样好看的圆，不再是羞涩的蒙了面纱的少女。我抬头看着夜空中饱满的月亮，听着一家人剥玉米的响声，觉得自己快要沉入梦里去了。梦里有什么呢，我也不知，只一心一意地想着，走进去了，就是世界上最快乐的事情。甚至中秋节的那一晚，香台上供奉着我念叨许久的月饼和苹果，也不再让我留恋和想念。直到母亲忽然间注意到了我的存在，对着点头打盹的我叹一口气，然后放行道：快回屋去睡觉吧！我正一边剥着玉米一边在梦里神游八极，无意中听到这句话，即刻从湿漉漉的玉米皮中跳了起来，轻飘飘地进了房间，爬上床，头刚刚靠在枕头上，便沉沉地睡过去了。

　　秋天总是让人觉得萧条。地里的大豆啊、玉米啊、地瓜啊，一收割完毕，整个村子就变得空旷起来。风冷飕飕地吹过来，要将一切都扫荡干净的架势。我在田垄里捡拾黄色的野果，在袖子上简单地擦擦，便一口一个吞了进去。野兔乘人不备，嗖一下蹿出去很远，可是因为田间太空荡了，毫无遮拦，于是它们被瞬间捕获。我觉得秋天里的自己，就像是一只孤独觅食的野兔，有无处躲藏的空。

所以我总是会在秋天怀念麦收时节的自己。那时候，我会因为有更大的用武之地，而被父母重视并褒奖。我不仅仅会烧水、送水，用镰刀收割，看场院里的麦子，帮大人装麻袋，还会给大人们创收——拾麦穗。拾麦穗是我最喜欢的事情，每拾到一株麦穗，就好像帮大人捡了一个大白馒头一样，是卖馒头的男人"半熟"家笸屉里热气腾腾的大白馒头。而且，去别人家地里拾麦穗，总像占了很大的便宜，心里好不兴奋。我恨不能将村子里所有人家的地都搂一遍，把那些漏掉的麦子全部据为己有。一想到自己家麦场里堆满了我捡拾来的麦穗，而它们又能变成好吃的馒头、花卷、烧饼、油条、包子，我的心里就美滋滋的，顶着烈日在地边上飞快地弯腰捡着，也不觉得辛苦。路上遇到拾麦穗的同行——半大孩子或者驼背老太，大家会相视一笑，而后默默地较着劲，以更快的速度，将这些竞争对手甩在后面。

麦收的时候天热，我会直接睡在麦秸垛旁，用几个麻袋铺成一张床，看着漆黑夜空中的星星，听着池塘里的蛙鸣，还有旁边跟我一样看麦子的女人的鼾声，觉得世界满满的，好像空气里都是麦子的香气。我还会想入非非：某个麦秸垛后面，会不会藏有一对偷情的男女，他们像猫一样发出暧昧的叫声。那声音让我面红耳赤，好像我在偷窥谁家的秘密。我甚至能听到他们的喘息声，热烈的、浓郁的、甜蜜的。这是夏天的气息。

可是秋天一来，收割之后的大地，就再也没有了这样稠密的气息。一场霜打之后，大地变得有些寂寞，昔日披红挂绿的富裕相，全都被修剪干净，露出落光了树叶的清瘦的枝干。我走在河沿上，觉得石上的青苔都是清冷的滑。风凉凉的，从对面的小树林里吹过来。也不知谁在更远处吹着口哨，哨声穿过小树林旁边一片阴森的墓地，那里埋葬着村里死去的男人女人，还有夭折的孩子。我很想知道，死去的村人们，在秋收的时候，会不会被吵得无法安睡，而后探出头来，到自己家玉米地里走上一走？他们依然是生前那样，背着手，弓着腰，唠叨着儿孙们不作为，还顺便将别人家地头的麦子，偷走一小捆，将它们夹在腋下，假装是从路上捡拾来的。他们巡视完了，或许依然不舍得离去。他们会坐在坟头上，点上旱烟袋，说道说道村里的旧事，还有跟秋收有关的人情冷暖。等那旱烟袋吸完了，才会起身，拍拍屁股上的泥土，一缩身，重新钻回坟墓里去。

村人们忙着秋收，当然不会想起死去的老人。我也只是在路过坟地的时候，才会想起自己很早就去世的奶奶。想起每次去她的院子里，她好像都在用玉米皮编织好看的坐垫。坐垫可薄可厚，厚的像树墩一样，可以搬到圆桌旁；薄的则适合在地上盘腿坐着编席子用。玉米皮都是晒干了的，讲究的人家，还会将其洗干净了，再拿来用。我看着白色的玉米皮，常常会想起：它们还长在秆上的时候，我和小伙伴潜进地里，偷掰人家的玉米，并顺便劈下一把玉米秆上的叶子，捎回家去给母亲蒸馒头用。那嫩绿鲜亮的叶子，大概是所有女人的最爱，因为把它们铺在箅子上蒸馒头，既不煳锅，还能让馒头吃起来有一股玉米的清香。我喜欢在馒头出锅的时候，贪婪地将玉米长长的叶子一起拿出来，吃粘在上面的馒头皮。那皮是焦黄的、酥脆的，好像某种藏在奶奶家的篮子里我永远也吃不到的小点心。那篮子当然是挂在高高的房梁上的，任我如何仰望，小气的奶奶也不肯拿下来给我尝上一口。

玉米剥完皮的时候，父母会将它们编在一起，一嘟噜一嘟噜的，挂在梧桐树杈上。那红的、黄的玉米，让已经开始落叶的梧桐树，看起来喜气洋洋的，好像在上面挂了一幅画。每天看着，都觉得高兴，气派，心里满足。在树下刷牙的时候，还忍不住想哼一首沂蒙小曲。当然，哪天玉米叶被雨水浸泡得朽了烂了，又被麻雀一啄，忽然间挣断下来，砸了脑袋，就不会哼什么小曲了。父母会发了愁，想着要赶紧把玉米弄到平房上去晾干，剥下玉米粒来，卖了换钱。

于是全家总动员，又开始无休无止地剥玉米粒的浩大工程。有钱的人家，会买一台剥玉米的小机器，据说将玉米棒扔进去，自己就给剥完了。这听起来很阔气，可是父母也只是聊起时羡慕一下，又让全家埋头一起剥玉米粒了。天已经很凉了，于是战场便转移到屋子里去。每天吃完晚饭，母亲都会拉过一个大盆来，将她已经插出一道"玉米沟"的玉米棒，丢在我们面前。房间里便只剩下玉米粒噼里啪啦打在盆上的声音。没有电视，收音机也没有节目，唯一的娱乐，大概就是一家人天南海北地闲扯。母亲总是抱怨钱不够花，让我和姐姐在学校里节约一点。父亲也会跟着附和几句，但很快他就厌烦了这些女人们的烦恼，开始转移话题，比如，考我和姐姐算术题。

这样的考试，很容易带来危险。我知道一斤玉米值多少钱，我也知道一斤玉米能换多少油条或者馒头，可是，我却无法像父亲要求的那样，准确、快速地算出五十麻袋玉米能变成多少油条或者大饼。我像一个伟大的数学家那样，支着下巴，紧皱眉头，苦思冥想。但我并不能灵感顿开，轻松得到想要的结果。那些奇怪的数字，总是离我很远，好像我天生就跟它们无缘。我不明白父亲一心一意剥着玉米粒的时候，怎么就对换油条的事情，那么有兴趣？难道他从小没有吃够油条，所以才加倍地将这种欲望，放置在数学一塌糊涂的我的身上，试图让我给他准确无误的慰藉？还有母亲，她明明没有文化，却也来一起考我。她不钟情于吃，所以她的考题永远都是关于针头线脑的。比如，一斤黄豆能买多少尺粗布、一尺粗布能做几个书包，十个鸡蛋值多少钱，如果换线箍能换几个……

我觉得那个时候，父母一定把我当成了全知全能的神仙，恨不能将肚子里所有对于生活的热望，都通过我的嘴得以实现。如果我回答得准确，他们会满意地丢给我一个玉米棒，让我离开纸笔，继续干活。偶尔还会由此扯开话题，谈及针线的价格，或者粗布质量的好坏。但大多数时候，我没有这样的好运。我总是会被父亲的一声大喝，吓得魂飞魄散，继而吃他一个巴掌。但这样也没有结束，父亲会派姐姐来监督我，让我继续算那永远不肯跟我亲密的结果。我坐在那里，憋得快要尿裤子了，只好可怜巴巴地求助姐姐，求她快将那个要命的结果告诉我！如果她能帮我一把，我将来一定真的给她买几斤油条吃。不，哪怕一屋子的、一天井的油条也可以。

每次我饿得眼冒金星的时候，吃完了饭的父母，才会想起我的存在，一顿恨铁不成钢的抱怨后，终于肯将我解放出牢笼。那时，我总是脑袋晕乎乎的，想着，秋天快要结束了吧？这样，等漫长的冬天来了，玉米都剥完卖掉换成了钱，或者变成玉米面，做成了"咸糊豆"（玉米粥），父母便再也不会无边无沿地给我出算术题了。

可是，秋天它太长了啊！除了玉米，还有大豆、棉花、地瓜、芝麻。地里总有收割不完的庄稼，我也总有千百个理由，被因为忙碌而疲惫不堪的父母苛责。我很想找一个人，问一问他们那里的秋天，除了收获庄稼，也要收获巴掌吗？但我永远都是那个孤独得长不大的小孩。我行走在秋天的田垄里，捡拾着棉花、稻谷，啃咬着一丝微甜的地瓜，想着什么时候，秋收能够结束。当大雪覆盖整个田野，一切都寂静下来时，劳累的父母，也终于会有大把的时间，可以睡下了。

打工

秋收一结束，村子里便只剩下老弱病残。那些健壮的男人们，能说会道、见过世面的小媳妇们，心灵手巧的女孩子们，想要学个手艺挣钱娶媳妇的男孩子们，全都扛着装有简单行李的蛇皮袋，涌到城市里去打工挣钱了。等到人都离开了，沿着村子里的大道走上一圈，会觉得空荡荡的，似乎连狗都成了皮毛黯淡的老狗，趴在地上，有气无力地看一眼路人，很没意思地叫上几声，便没了声息。

邻居胖婶的女儿艳玲，比我小一岁，却比我去过的地方还多，当然，在母亲的口中，她已是能为家里分担烦恼的"女劳力"了。而我，还在读初中，很没出息得连饭钱都要向母亲讨要。艳玲那过继给大爷家养着的亲生妹妹焕梅，更是生猛泼辣。那一年她也就14岁吧，见到开卡车来村子里挑选女工的老板，围着人家说了一大堆的好话，差一点就给跪下了，但还是无济于事。等到老板将车发动起来，焕梅一个箭步冲上去，拉住卡车的后车厢，挂在上面，再不肯下来。老板从后视镜看到焕梅一脸想要出去闯荡世界的执着劲，终于心一软，将焕梅收留下来。当然，自此之后，能够挣钱的焕梅，又被胖婶费尽心机地从艳玲大爷家里给讨要了回来。

我那时候和母亲一样羡慕艳玲与焕梅姐妹，想着她们在我从未抵达过的城市里，一定活得开心极了。不像母亲一辈子都没怎么出过远门，去城里赶一趟集都喜气洋洋的，好像出了国一样，而且母亲还一定会打扮得漂漂亮亮的，也不知道是给谁看。所以我们想象中的艳玲与焕梅，会在下班后，在城里逛逛街，下下馆子，看看电影，喝喝酒什么的。外面的世界是什么样的呢？我始终想象不出来，也就只能凭借着打工回来的村人们的描述，朝那枝干上添加鲜绿饱满的色彩。

　　我因此恨自己长得太慢，并忧愁究竟何时才能够将书全给读完，通过高考飞出去看一看。而母亲也常常朝我叹息：你什么时候才能够给你爹妈挣一大把钱回来啊？我总是带着浓浓的醋意安慰母亲：艳玲和焕梅挣钱也就一时，等她们出嫁了，看还怎么给家里寄钱花，但我考上了大学，却可以一辈子给你钱花呢！母亲白我一眼：说得比唱得好听，谁知道你考上了大学，又飞到哪儿去了呢！

　　是的，打工和考学是整个村子里的人们，飞到外面世界去的非常重要的途径。而在很多村人看来，读书的付出，无疑太过漫长，漫长得好像没有边沿一样。而且，能不能在十年苦读后见到回报，也是一件不确定的事。所以他们更愿意选择可以立竿见影的打工的方式，将孩子们早早地送出去，而后在半年或者一年后，去银行里将折子一划，便可以收到一笔儿女寄来的丰厚的收入。

母亲养我们三个孩子没空，又怕姐姐跑太远打工，心变野了，将来找婆家时没人要，所以她只能委派父亲外出打工，挣一些零花钱。

父亲第一次跑出去打工，是被村里的代雨给忽悠去的。代雨去山西挖煤，回来大讲那边怎么能挣钱发财，父亲在一旁闲听着，不知不觉就被吹得天花乱坠的代雨给说动了心，想着去赌上一次，发一笔财，而后回来做一些小生意发家致富。在代雨的嘴里，山西遍地不是乌黑的煤，而是耀眼诱人的金子。只要一脚踏上去，想不沾点金子出来都难。而且挖煤还毫不费力，全靠机器。人坐在干净的矿车里，按一下开关，就平稳地下到了矿底，而后吊车一启动，煤就全进了筐。人呢，好像就负责看着，只管车装满了往外运输。现代化的挖煤方式，让父亲眼中溢满了希望与光芒。

父亲怀揣着一股子理想主义的激情，跟代雨上了路。临行前，母亲蒸了一大锅馒头，让父亲带上。父亲就带了几个，然后信心满满地说，等我回来，咱们天天吃面包。我努力地咽了一下口水，想着课本里见到的面包的样子，真希望明天一觉醒来，父亲就带回一大袋子面包，笑眯眯地站在我的面前。

从此，我几乎每天都站在巷子口，张望父亲离开时的那条路。那条泥路的尽头，是一条通往外面世界的公路。代雨和像代雨一样外出打工的男人们，就是从这条公路上消失，而后将钱寄回家的。那么父亲肯定也会从这条路上，带着面包回来。那时候我会昂首挺胸地在小伙伴面前炫耀面包的滋味，有意无意地将父亲可能送给我的新文具带在身上，让小伙伴们看到，发出让我心满意足的赞叹。

我还时不时地朝小伙伴们吹嘘，父亲打工很快就要回来了，听说他去的山西，遍地都是黄金，父亲只是随便去捡拾一些金子回来的。母亲也跟我一样，掩饰不住内心的喜悦，遇到有打工回来的，会变相地夸父亲一句：我们家那口子，也出去了，年底回来，不知累瘦了没。别人听了，就笑嘻嘻的，让母亲的虚荣心膨胀一下：哪会瘦了呢，都说山西挖煤的，有钱得很，在外面吃的好喝的好，肯定变胖了吧。母亲听了心里喜滋滋的，好像真的见到变胖了的父亲，脚步轻快地转身回了家。

父亲在我和母亲这样朝人夸耀了半年之后，终于回来了。他回来的那天，毫无征兆，我和母亲吃完了晚饭，乘凉到星星稀了，便关了灯打算睡觉。刚刚插上门，就听见有人在敲铁门。那声音有些不太自信，很低，却非常持久，一下一下的，敲得让人有些心慌。母亲一下子从床上跳下来，朝窗外看了看，当然什么也看不见。我给母亲壮胆，说：娘，我拿手电筒，跟你一块去。我没敢说去看贼，尽管我心里其实怕得要死。母亲大概也怕吧，否则不会点点头，示意我跟在后面。

离门口还有几米远的时候，母亲用明显发颤的声音壮胆问道：谁?！门外停了片刻才小声回复道：我。母亲有些犹豫是不是父亲，但还是走过去，从门缝里看了一眼外面的人。等到母亲打开门，还是不太确定面前这个蓬头垢面、胡子拉碴的男人，就是父亲，是我喊了一声"爹"之后，母亲才忽然哭了出来：你他妈的怎么混成这样了?！父亲没吭声，将门锁上，提着去时那个黑色的破书包，灰溜溜地进了家门。

打开灯后，母亲还是给父亲打来一盆水，让他洗漱。父亲好一番刷牙洗脸刮胡子，又将脏衣服脱了，找出干净衣服换上后，才不耐烦地对一旁唠唠叨叨的母亲丢下一句：睡吧，我累了，明天再说。

我和母亲一心一意期待着的见面，当然不是这样的。在我们的想象中，父亲会荣归故里，而不是像现在这样破衣烂衫地走进家门。他还会提一尼龙袋我叫不出名字的稀罕水果，给我买一书包的漂亮文具。母亲的衣柜里，也会多出几件时髦的衣服，她在村子里走上一圈，便会收获一箩筐女人的啧啧赞叹。

而且父亲一定是在白天所有人都出门的时候，气宇轩昂地走进村子里的，而不是像见不得人的小偷一样，选择在夜晚溜进家门。

所有的疑问不用再问，从父亲落魄的脸上便可以知晓，这一次出门打工，父亲被人骗了。果然，第二天，父亲心情好一些了，才愧疚地将进了黑煤窑的事情，讲给我们。想着父亲差一点就丢了性命，再也无法回来，我和母亲心一软，也就原谅了他。但对夸耀山西煤矿的代雨，母亲还是恶狠狠地骂了一通，尤其在他登门看望父亲的时候，母亲差一点将他拒之门外。

很久之后，父亲回忆起年轻时的峥嵘岁月，我才从他口中得知关于山西的只言片语。父亲那时已经可以平淡地讲述这段经历。提及在煤窑里生活的艰辛，推车俯冲而下，差点一头栽进深不见底的煤窑里再也爬不上来的时候，父亲的脸上，看不出太多的难过。他甚至还轻描淡写地告诉我们，他和代雨逃票下车后，想去镇上澡堂里洗个澡，但捏一捏口袋里薄薄的一张纸币，还是忍住了。那一张纸币，在临进村子的时候，被父亲用来买了一斤橘子，放在了破旧的书包里。我没有告诉父亲，那一斤橘子的味道，我其实一直念念不忘，酸的、涩的，让人忍不住蹙眉，但我努力地吃了两个，并咧开嘴巴，告诉父亲，橘子真甜。

　　父亲再想起打工这一档子事来，已经五十多岁了。只不过，这一次打工是在县城，而不是遥远的山西。那时，村子里早已有了萧条破败之气，很少有人再靠种地为生，大家都像候鸟一样，种完地便纷纷离开村子，前往北京、上海或者广东。再或是为了儿子能有个媳妇，跑去城郊买一个小产权房，而后骑着三轮到城里去做生意。更有人直接将地给了别人，全家都搬迁至县城。父母始终舍不得将七亩地扔掉，也就开始了在县城租房打工的两地奔波的生活。

　　父亲做的第一份工作，是在园林所里打扫卫生，工作看似清闲，却没有多少时间可以回家劳作。后来无意中他帮园林所疏通了一次下水道，便走上了专门帮人疏通下水道、更换马桶的路子。这条路不需要老板，也不需要多少技术，只要有体力，有耐心，有吃百家饭的勇气，能够将手机号码牛皮癣似地喷满大街小巷的墙壁，让人能够一眼窥到，而且城管还无法将号码给刮下来，那么就能在县城里时不时地有活可干。当然，有时一天很忙，东奔西走，能将县城绕好几圈；有时，两个手机号码一天都静悄悄的，人枯坐着等得心烦。母亲是急性子，在家里看着父亲无所事事，常常会着急，做饭也做得没有兴趣，一不小心，就将饭给烧煳了，或者心不在焉地在菜里放了两次盐，父亲呸一下吐出来，骂一声娘。母亲也毫不示弱，于是免不了一场战争。

那时的我，已经读了大学，可以免去听他们毫无意义的争吵。只是苦了正在县城借读初中的弟弟，他一个人在租来的狭小的房子里，不知道是该劝阻还是保持沉默，最后看着战争有升级的趋势，他就只好躲出去，沿着墙根一直走，走到一个养鱼的大水塘附近，在垃圾堆旁边坐下来，看着混浊的水发呆。偶尔，有小混混来诱惑弟弟加入帮派，他人老实，怕，跟他们敷衍几句，就匆匆走了。最后走来走去，发现没有朋友可找，只好在破旧的租来的房子门口坐下来，看着天空发呆。

这样的生活，在父亲的努力下，慢慢有了改善。五年以后，父亲便凭借着自己的努力，在县城买了一个二层的小产权房，全家人自此在县城立了足。这时的父亲，打的工更杂，只要挣钱，什么都做。他帮人修过水龙头，搬运过东西，改过下水道，安装过马桶，收购过废纸。他从来不嫌弃那些工作太脏太累。因为父亲在城里买了楼房，便被村人们嫉妒，嘲讽他干的是挖厕所的臭活，遇到父亲，还故意掩鼻而过。但父亲只是笑笑，什么也不说。

吃百家饭，免不了要和形形色色的陌生人打交道。我想，父亲这一生结识的人，大概比走南闯北的我结识的还要多得多。他遇到过小气的中学老师，好心的退休老太太，吝啬的饭店老板，善良的小姑娘，也遇到过赊账不给还冲他咆哮的包工头。父亲很少向我提及这些或许让他感觉屈辱的经历，他只是回到家，将疏通完马桶的手洗得干干净净，一脸倦容地坐下吃饭，或者倒头睡去。

只是有一年，弟弟着急地打电话向我求助，才知道父亲在县城打工原是这样不易。一个做工程的南方无赖，欠了父亲疏通下水道的三千块钱不还，父亲在一年后上门讨要，那无赖矢口否认，还找来两个小混混，当场给父亲一个耳光。母亲闻讯后跑过来，本想着帮父亲讲理，那小混混却拿起棍棒，照头劈来，将母亲一下子打晕在地。父亲很快报了案，但因不知道那个无赖的名字，案件进展缓慢。无助之下，弟弟找到我。我震惊心疼，找了一个朋友帮忙催促办理此案。当我告诉父亲事情会很快解决时，他却装出无所谓的样子，说没事，别操心了，你忙你的。我差一点哭出来，想要指责父亲为何一定要找无赖要钱，而且这样的活原本可以不做。可是想想父亲那时一定不想让任何人看到他的尴尬与难堪，也就忍住了眼泪，和他一样，假装事情并不重要，安慰几句，就匆匆挂了电话。

最终，父亲熬不起打官司的费用和精力，私了此事。这些都是后来弟弟告诉我的，父亲对我只字不提，我也从来不去问父亲与此事有关的更多的细节。我们心照不宣地选择了回避，好像那是一个身体上的伤疤，只要提起，就会有重新揭开伤疤撒上一层盐的疼痛。

我想起艳玲与焕梅。我曾经对她们在外打工的生活，充满幻想。而今这种幻想，完全破灭。我想，在天南海北打工的村人们，他们一定有着和父亲一样疼痛屈辱的经历，只是，他们也和父亲一样，选择了沉默，只将那光鲜的一切展示给人。就像，那一年父亲从山西逃回家里，选择了在镇上躲过白天，趁着夜色才悄悄溜回村子一样。

走亲戚

在我儿时的记忆中，乡下走亲戚，除了需要备好足够体面的礼品，还得有一张经得起千锤百炼的厚脸皮，随时准备接受亲戚的冷嘲热讽，或者听他们说一些语义模糊、却又会让你脸红难堪的双关语。

所以我怕走亲戚，就跟小羊怕见老狼一样。尽管母亲给准备的一提包烟酒糖茶，也不怎么丢脸面，但还是觉得有无所适从的紧张与局促。都说远亲不如近邻，我去胖婶家里玩耍，跟在自己家院子里一样自在，但去近亲姨妈、舅舅，或者姑姑家，却百般不情愿，心提得高高的，除非是出了亲戚家门，上了公路，眼看着离自己家越来越近，才会长吁一口气，有犯人离开了监狱的轻松与快乐。

偏偏乡下人最爱走亲戚，好像不走亲戚，人就偏离社会、离群索居了一样。走亲戚仿佛是人们彼此沟通有无、互相攀比较劲的一种需要，哪家变得富了，有秘密了，非得去走一趟亲戚，跟那些有这样那样关系的亲戚"说道说道"，才能释放出内心淤积的东西，重新轻松上路。否则，那些无人分享的喜怒哀乐，也够将人给压死。

每年走亲戚的高峰期，当然是过年的时候。好像一道过年的程序一样，大家必须把所有的亲戚都走一遍。漏掉了哪一个，都会成为一个重大事故，在接下来的一年里，被人无数次提及，甚至有可能造成断交的危险。所以顾及礼节，我和姐姐、弟弟三个人，需要一起上阵，代替父母去走亲访友。倒是大人们自己，不知是为了避免那些无趣的嚼舌根，还是不想让人知道这一年日子过得紧巴，反而据守在家里，招待前来走亲戚的小孩子们，并旁敲侧击地从他们嘴里，撬一些有用的八卦。

弟弟出生前，走亲戚的任务，基本上都属于我和姐姐。姐姐骑车，后面载着我，前面带着母亲准备好的礼品，晃晃悠悠地就出了村子。那礼品里，必备的是"一刀礼"，也就是新鲜的猪肉。猪肉都是年前割下的，常常送给第一家亲戚后，过上个十天，兜兜转转，又回到了自己家。母亲眼尖，不用在那刀礼上做记号，就能够看出是不是我们家的。万物守恒，其他诸如红糖啊、饼干啊、鸡蛋啊，最后也会换来价钱相差无几的其他礼品。所以走亲戚，那礼品换来换去，也不会太过吃亏，不外乎你的给了我，我的给了他，他的又转给了你。唯一越走越多的，是各家各户一年来积攒的八卦消息。真真假假，听了来，琢磨一阵，再找人考据求证一阵，也就大致知道了彼此的近况。

乡下人似乎家家户户都有七大姑八大姨，我最怕被她们盘根问底地审讯家中大事小情，把握不好母亲口中的尺度，抖抖索索地就将那秘密的导火线哗啦一声扯开了头。结果，好的坏的黑的白的全倒了出来，以至于回了家，被父母一盘问，免不了挨一顿骂，骂我不知道察言观色，怎么就没将亲戚家的信息全套回来，倒是把自己家那些见不得人的事，全给说漏了嘴！

所以带着父母的重大使命去走亲戚，就像外交使者一样紧张，嘴里吃着亲戚家做的好吃的，心里却哆嗦着，该不该将亲戚的问题照实全答。招待我和姐姐的亲戚也谨言慎行，怕一不小心，我们就会说出一些不合时宜的话来，比如借钱啊，求办事啊，谁谁要结婚生子考学需要拿一份礼金啊，等等。因为彼此都在琢磨着对方的心思，所以饭便吃得漫不经心，只听得见嘴吧唧吧唧咀嚼的声音和筷子跟碗磕磕碰碰的响声。偶尔一只狗不识趣，跑到圆桌底下找人吐掉的骨头吃，舌头还没碰到那骨头呢，就被主人一声厉喝，赶出了门。狗趴在门口，吐着舌头，气喘吁吁的，有些委屈，也有些气愤，不知这平日里慈眉善目的主人，为何忽然就变了脸，生出这般让狗畏惧的面容。那主人大约也有些不好意思，看狗可怜地哼哼着，将碗里没吃的肉给扔出去，那狗一时有些分神，等肉落了地，才反应过来。主人不悦，骂道：这狗，今天有他妈的什么事吧，怎么就反常起来，看着怪怪的呢？这话狗当然是听不懂的，已经咯吱咯吱地啃上了喷香的肉骨头，根本就顾不上看主人的脸色。话中之意，就被吃饭的客人给吸收了去，虽然嘴上跟狗一样嚼着肉骨头，心思却没有狗的单纯，翻来覆去，只想着这招待饭菜的亲戚，到底是什么意思，怎么就忽然变得冷淡起来了？

不过这样的冷淡，到送别时，却会转变成高涨的热情。这热情来自客人提来的一包礼。这礼究竟留下多少，带走多少，是有很大的讲究的。一般说来，留一半，送一半，是基本的规则。但即便大家遵守了规则，还是要客套一番。这客套也不知是谁发明的，繁文缛节，虽然是在乡下，却不缺少分毫。我每次都怕这最后的一个环节，总想赶紧逃掉，不想看母亲跟那来走亲戚的，将一包好像价值连城的礼品推来搡去，一个坚持要全留下，一个执拗地让带走一半，两个人各不相让，互不服输。干这事的当然都是女人们，没有哪个男人愿意跟一包糖或者一瓶罐头过不去，只有女人们会斤斤计较这一瓶罐头的价钱，想着上次给这亲戚家送去的那一袋炒糖，这次他们来，应该留下多少钱的东西，才算是不失礼数，且不让来的亲戚觉得此行亏了。有时候两三岁的小孩子，不懂父母跟亲戚家的这些客套，以为他们吵了架，会在大人们的肢体推搡里，哇一声吓得大哭起来。这一声哭，是很好的休止符，让斤斤计较的大人们见好就收，也让那一包糖或者瓜子，有了最终的归宿。

这些烦人的礼数，我完全不在行，却要硬着头皮，被母亲千叮咛万嘱咐地去完成任务。好在我们家亲戚不多，常常走动的，也就大姨和小舅家。那四个脸面相差无几、让我分不出谁是谁的姑姑，被父亲和他的两个兄弟给平分了，每隔三年走一次。我当然还是有大舅和二姨的，只是不知哪年哪月的规定，我们家和大舅、二姨家，逢年过节，再也不走动了。我猜测这是历史遗留问题，基本上逃不出金钱和礼节等带来的相互误解。据母亲说，二姨是因为搬到县城之后，开商店发了财，瞧不起我们这些穷亲戚，怕有事没事就去求他们办事，当然更主要的是怕我们去借钱，所以主动断绝了与我们的来往，以至于在我的印象里，几乎没有过二姨的影子。我不知道这个跟母亲同一个娘胎里出来的二姨，为什么会这样无情无义地跟母亲断了交。当然，对我来说，有没有这个二姨都无所谓，我原本就不喜欢走亲戚，少了一家，我还觉得过年时轻松了一些，无须在一个不远不近的亲戚家里，枯坐上一上午，只为了吃一顿不怎么丰盛的饭菜，留一两包礼物，就完成了过年的仪式。

而我的大舅，是在我即将去读大学的那个暑假，我才突然知道了他的存在。好像在此之前，我从未有过大舅一样。想起来，大舅是母亲的哥哥，他们兄妹两个，怎么就落到互不来往的地步，谁也说不明白。大概各自成家后，彼此琐事增多，儿女成群，也就顾不上这同胞的情谊，于是慢慢走动少了，关系也就淡了，以至于我们这一辈人，连母亲曾经有过这样一个大哥都不清楚。那年高考完后，姐姐带我去大姨家走亲戚，离开的时候，不知怎么，大姨就叮嘱姐姐带我去附近大舅家坐上一会儿。姐姐比我年长，也比我更懂得礼节之类的重要，所以尽管母亲并没有让我们拜见大舅，她还是遵照大姨的指示，在路过大舅家的时候，折进去坐了片刻。姐姐每年都走亲戚，所以她大概知道我们还有一个亲戚是大舅。大舅有三个儿子，每个都需要他拼命挣钱盖房子娶媳妇，有一个完不成任务，都是他这个做父亲的失职。所以相比起来，他比母亲更为辛苦。我第一次见到他，看着那张跟母亲有些相似的脸，觉得人生真是奇怪，他与母亲的血缘关系，究竟是怎么流落到我们这一代，就忽然间停止了呢？而我跟这个叫大舅的男人的儿女们，更是从未谋面，或许，曾经谋面过，彼此却并不知晓他们的父亲与我的母亲之间，曾经有过互相关爱的兄妹时光。

大舅看到我们，有些诧异，但还是按照礼节给我们沏了茶水。虽然是孩子，不怎么喜欢喝茶，但那茶水是和大人一样的规格，绝不会少上一撮，或者低上一等。当然不是觉得小孩子会品出茶水的味道，而是怕回家后，大人们细细问起，孩子们口无遮拦，说出茶水难喝，让此后的亲戚关系，进一步恶化。大舅当然没有失礼，他很快停下手里的活计，陪我们两个对春种秋收并不在行的孩子聊天。对于已经当了爷爷的大舅的陪聊，我和姐姐都有些拘谨，在大舅一声声"喝茶"的客气相劝中，小心翼翼地一口一口抿着并不知道是什么滋味的茶水，并在大舅提壶给我们续茶的时候，客气地用手护住杯口，连连说几句"不用了，满着呢"。

　　大约这样持续了有半个小时，我用眼神示意姐姐，礼节是不是足够了，我们该回家了吧？还不等姐姐接到我的暗示，大舅忽然就咳嗽一声，小心问道：你们这次来，是有什么事吧？我和姐姐面面相觑，不知道该如何回答大舅的问话。而大舅见我们姐妹保持沉默，又紧跟着加了一句：有事你们说就行。我笨嘴笨舌，也不打算做这样尴尬的外交发言人。倒是姐姐，红着脸说了一句：真的没啥事，就是我妹妹考上大学了，顺路过来看看您。我以为大舅会为我高兴，表示一下微微的羡慕与夸赞，不想，他却好像明白了什么似的，"哦"了一声，然后便再没有了问话。

　　我和姐姐当然很识趣地起身离开了。而那个我此后再也没有见过的大舅，还一个劲地跟在身后问我们：真的没有什么事了吗？我其实知道大舅是想直白地追问一句：这次来是不是要考上大学的喜酒钱？但到底谁都没有说破。我和姐姐并未想要去大舅家里讨喜钱，而坚持认为我们无事不登三宝殿的大舅，大约在我们离去之后，还会花费很长时间，想方设法去大姨家打探我们此行的真正意图。

但我其实也并不怎么喜欢大姨。尽管她跟我们家算是走动最为频繁的亲戚，不比那些姑姑们，我考上大学了，还要打探那大学是否是正宗本科，是不是花钱买的。在得知我毕业后或许只能当一名普普通通的中学老师后，她们又百般嘲讽老师是天底下最没出息的职业。不怎么喜欢大姨，我想大概是因为大姨家的两个儿子都通过考学得到了一份正式工作，而且姨夫还有一笔不菲的退休金，这让他们老两口可以比我的父母过得更为滋润。所以他们就对我们这样一家穷亲戚，带着一些同情，每次登门拜访，都会让我们羡慕嫉妒，自惭形秽。这个世界上，大约我们都需要有一家亲戚，可以作为参照，照出自家的幸福生活。所以每次从大姨家回来，或者大姨家的两个儿子从我们家离开，我都会被父母批评教育，大致内容不外乎要好好学习，赶超姨哥之类的，我为此要在家里埋头苦学三天，才能逃过父母苦口婆心的教导。而在我当初究竟是考高中还是中专的选择上，因为没有听从大姨一家的劝诫，读了高中，大有超过两个读了中专的姨哥的野心，而被他们指责，并因此让我生出不考上大学就被大姨家看笑话的压力。

在我一级一级地从本科到研究生再到博士的读书过程中，一直伴随着母亲与大姨的比拼。她们姐妹两个，从比拼当初的婚姻，到比拼各自的儿女，再到儿女的工作与婚姻，始终没有停歇下来。

我借着在外面读书就业的原因，很少再去大姨家走亲戚，并最终习惯了从母亲口中得到他们零星的消息，丝毫不想亲自去看上一眼，他们的生活究竟是怎样的状态。在嫁到千里之外的他乡之后，我与整个家族中最后一个亲密交往的亲戚，终于只剩下藕断丝连的一点关系。

从母亲口中听来的关于亲戚的消息，在远走故乡之后，似乎都是关于疾病或者死亡的；好像一个亲戚若没病没灾，就会被人遗忘。只有他们忽然间生了变故，与之有血缘关系的人，才会意识到生命中曾经有这样一个人，跟自己的家族，有着千丝万缕的联系。母亲会代替整个家族，去给那个病入膏肓的亲戚，提一些礼品，表示慰问；或者在丧礼上，烧一些吊纸，感叹一下过去曾经有的恩怨，而后便将这个亲戚锁进记忆的仓库，除非闲聊时提起。这个亲戚，自此很少再会进入我们的生活。

对于我，那些离去的生命犹如飘摇的庄稼，倒下之后，便化为模糊的麦子、玉米、稻谷或者高粱，被装进了记忆的瓮中。对于父辈，他们更是炊烟一样，被风吹过，便消失不见。日子在他们离开人世之后，依然琐碎地过着，好像在这个世界上，从未有过这些亲戚的印记。

或许，也只有我知道，他们曾经在我的成长之中，烙下怎样无法去除的印记。

乡野

一整个冬天，狗剩家的豆腐坊都在磨豆腐。麦子则躲在厚厚的积雪下面，以被我们忽视的寂静，无声地蛰伏着。村子里的人似乎也被席卷进了无休无止的冬眠，关于麦子，关于野兔，关于冬雪，统统被我们忘在了洞穴外面。每个人都像朦肿肥胖的狗熊，在暖烘烘的洞穴里穿梭来往，串门拜年，说着棉絮一样揪扯不清的家长里短。

鸟与流

飞河

麦子

玉米收完之后，村子里便开始播种麦子。

在播种机进驻乡下之前，麦田里到处都是人和闷头拉着耕犁的牛。父亲一边吆喝着牛向前，一边注意扶着耕犁，不让垄沟给犁歪了。母亲则在腰上系一个有大布兜的围裙，将化肥或小麦种子放在布兜里，一边走，一边一把把地掏出化肥或者种子，撒进新翻出的泥土里。母亲是个熟练工，能够一边撒种，一边跟旁边地里的胖婶和瘦叔拉家常。胖婶骂瘦叔干活不利索的时候，她也会适时地帮腔劝架。那架当然是打不起来的，所以母亲会有些失落。倒是父亲，脾气急，看到母亲在后面脚步慢了，便会粗声大嗓地训斥。母亲脸上有些挂不住，田间地头休息的时候，一边喝着水，一边对我絮叨父亲的不是，大致就是跟胖婶比起来，她命真苦，人家瘦叔干活的时候，总不忘问候胖婶累了不，累了就停下歇会儿，他自己干就行。我一边假装专注地听母亲唠叨，一边将地头上落下的麦种捡起来，喂成群结队搬运冬天食物的蚂蚁。

秋天的气息已经很浓了，太阳还未下山，露水便已浮起，天地间于是湿漉漉的。远处雾气氤氲，村庄缭绕其中，恍若仙境。麦子才播完了四分之一，看样子还需要两三天，才能结束整个的播种。如果天旱无雨，母亲还在撒化肥的时候，便开始心烦地唉声叹气，发愁种子撒完后，什么时候才能轮上我们家浇地。假如总是轮不上，麦子在泥土里，怎么能发芽出头呢？母亲擅长将烦恼无休无止地延伸下去，她还能联想到今冬不下雪的惨况，或者来年麦子拔节的时候，没有及时雨，再浇不上及时水，麦子集体趴下的可怜相。父亲在前面扶着耕犁，听得烦躁，总是粗鲁的一句话就打断了她：你就不巴着咱家麦子有一点点好是不是？！母亲住了嘴，心里却堵得慌，又不知道朝谁发泄，回头看见我很没用地在地头上玩，就冲我喊一句：快回家去，让你姐姐烧"咸糊豆"喝！

我看看远处慢慢暗下来的天空，一声不响地提起暖瓶和杯子，朝家的方向走去。

我觉得播种小麦还是跟牛关系更为亲密。至于我们小孩子，在田野里撒欢似的奔跑，捡拾熟得发亮的马宝吃的时候，总会被大人们觉得碍眼，没用。于是，在所有玉米秸都被砍倒的近乎荒凉的大地上，除了牛哞哞的叫声、男人女人们的争吵声，便是母亲们不绝于耳的骂自家孩子的声音。大人们会由浇地想到跟人争抢机井时的不快，我们小孩子的想象远没有那么悠长，最多想起小学老师教的，"冬天麦盖三层被，来年枕着馒头睡"，因为一场从天而降的大雪，想到明年能捧着白白胖胖的大热馒头吃。

就在播种的空当，我们还沉湎在秋天最后的温柔里，捡拾田野里残余的如马宝一样酸酸甜甜的果实，慰藉着空空落落的肠胃。有时候我们还会看到奔跑的野兔，箭一样穿越苍凉的大地。它们偶尔也会放低对人类的警惕，找寻田地里人们遗留下来的粮食。也就是这时候，播种完麦子，闲得发慌的狗剩之流的男人们，会扛起猎枪（那时民间猎枪尚未被收缴），躲在大树后面，砰一声射出一颗致命的子弹，收获一只肥硕到让人眼红的野兔。

在狗剩得意洋洋地将兔子挂在猎枪上，喝醉了一样摇摇晃晃回家吃肉时，不知为什么，我总是觉得有些悲伤。不久后，狗剩的猎枪被收缴。我顶喜欢代替母亲去他们家买豆腐，就为了看一眼没了猎枪的光棍狗剩是怎样蔫了吧唧地凄惨地推磨着豆腐。

一整个冬天，狗剩家的豆腐坊都在磨豆腐。麦子则躲在厚厚的积雪下面，以被我们忽视的寂静，无声地蛰伏着。村子里的人似乎也被席卷进了无休无止的冬眠，关于麦子，关于野兔，关于冬雪，统统被我们忘在了洞穴外面。每个人都像臃肿肥胖的狗熊，在暖烘烘的洞穴里穿梭来往，串门拜年，说着棉絮一样揪扯不清的家长里短。

一晃，就立了春，然后是雨水和惊蛰。雷声轰隆隆地打下来，人们站在庭院里，抬头看着天，好像忽然间想起了田间地头的麦子，于是纷纷扛起锄头，去自家麦田里挖草。

这一出门走走，才发现一场春雨过后，有的人家的麦子已经蹿出去老高；而化肥大约施得漫不经心的人家，麦子就青黄不接，怎么看都不让人有好心情。于是小路上时不时地响起女人们带着醋意的招呼。

麦子长势喜人的女人会说：哎，你家麦子今年咋样？

麦子没精打采的女人斜斜瞥一眼对面那张喜气洋洋的脸，酸酸地来一句：能咋样，哪有你家好？

对面的女人显然很满意，笑嘻嘻地谦虚道：要不是我家那口子买的化肥好，估计今年也不咋样呢。

处于下风的女人，嘴上虽不说什么，心里却恨不能拔下一垄沟麦子来解解气。但终究什么也没做，快走几步，去自家田里埋头挖草，挖着挖着，总会不小心将麦子锄断几棵。于是心里越发地烦乱，忍不住骂自己家男人，当初让他好好挑选种子和化肥，偏偏不听，看人家谁谁谁种的麦子，油光水亮的。

如果整个春天都没有贵如油的雨水，女人们也就顾不得比

038

飞 鸟
与 河 流

拼麦子了。她们会将自家的男人骂出去，抢水浇地。这是一场更残酷的战争，女人们常常不再关心颜面问题，只要能排上号浇地，哪怕脸上被别的女人挠几道子，破了相，也没什么关系。大队书记这时候便派上了用场，他一边给自己家麦子先浇上，或者排上号，一边协调着快要打起架来的男人女人们。有时候打得厉害了，男人们会在女人的怂恿下，夜里爬起来，搬了石头砸进机井里去，堵住井水，让谁家也浇不成地。当然，很多时候，这样的阴谋并不能成功，因为浇地的那家会派人日夜守护在机井旁边，并拿了手电筒，防范一切试图靠近机井的可疑人士。

我们小孩子这时也不让靠近机井了。那里原本是我们的乐园，我们会捡起小石子投进机井里，听石子从深不可测的井底传出的空茫的声响。我们还怀疑会有谁家生下来不要的小孩子，被扔进了井底，于是便趴在井沿上，看那一小片落在水里的晃动的蓝天，许久都不想起身。但当干旱的春天来临，我们被焦渴的麦子和焦灼的大人，一起驱逐出了这片乐园。

夜里醒来，常常听见父母在谈论浇地引发的种种事故。不外乎是谁家跟谁家又打起来了，还动了石头和锄头，并惊动了乡里派出所的人。父母没有倚仗，排号又看似遥遥无期。在轮到我们家浇地之前，也不能眼看着田里的麦子枯死，母亲便和父亲在家里用压水机一桶桶地压水，再倒入大桶里，而后用地排车拉着去田里一勺子一勺子地浇灌麦子。只是那些水浇到地里，麦子还来不及喝上一口，就被干裂的大地，或者头顶炙烤着的太阳，给吸光了。春天看起来不再那么美好，因为关系着口粮的麦子，每一天都变成了煎熬，至于谁家女人被砸破了脑袋，谁家男人追着浇地的那家人说要拼个你死我活，在躁动的春天，已不再是能让人们兴奋的新闻了。

好在这样的时日，不会太过长久。有时，还不等全村人轮上一遍，老天爷就忽然间开了眼，看到了人间疾苦，于是降下一场大雨来，缓解全村人绷了太久的神经。母亲坐在院门下面，一边做着针线活，一边看着这场不疾不徐似乎要下许久的春雨。

我看见母亲有时候发呆，就会问她：娘，你在想什么？

母亲笑一笑，像是回我，又像是自言自语：这雨，下得正好，麦子们能喝个饱了。

我也抬起头，看向半空。天空中细密的雨，正绵密地飘下来，一阵风过，便吹到我和母亲的身上。雨水有些凉，但我的心里却是暖的。我喜欢春天的雨，柔软的，缠绵的。就连平日里好为琐事争吵的父母，也因了这场雨，对彼此温柔起来，好像他们是相敬如宾的新婚夫妇。

庭院里一切都是安静的，只有雨声，在屋檐下滴滴答答地敲击着，这是世间最单调又最动人的音乐。我似乎还听见麦田里麦子咕咚咕咚酣畅饮水的声音，这声音一定也在父母的耳畔响着，以至于他们做什么都轻声轻脚的，似乎怕打扰了麦子汲水的幸福。

有时候忍不住，父亲还会披上一块塑料布，冒雨跑到田地里去，看看自家的麦子，在雨中有怎样喜人的长势。这时的父亲，更像个诗人，站在地头上一言不发，就这样深情地望着脚下大片绿色的麦田。整个村子都笼罩在迷蒙的烟雨之中，只听得到雨声沙沙的，蚕食桑叶一样细密地落着。

在麦子长成麦浪之前，我能想到的村庄最美的时刻，大约就是春天淅淅沥沥的雨季了。雨季一过，布谷鸟开始啼叫的时候，村子里便有了忙碌的气息。大家都在摩拳擦掌地准备收割麦子。磨刀石上，镰刀飞快地起起落落。布谷鸟的每一声啼叫，似乎都在催促着人们快一些行动起来。大家再也不盼望下雨了，还总是忧心忡忡地提着一颗心，希望天公作美，一直都是响晴的天，千万不要来一场暴风雨，将麦子全都吹倒在地。因为这样，不仅割起麦子来费劲，麦子还会大大减产。

眼看着麦子一株株饱满起来，人们的心也跟着提得高高的，怕夏天的风，也怕夏天的雨。如果微风吹拂过金黄的麦子，让它们像大海里的浪花一样自由地翻滚，整个村子便美如诗画。但如果是狂风暴雨，或者赶上夏天无休无止的雨季，那么没有谁的情绪会风平浪静，不起波澜。父亲总是一边在风雨中收拾着院子里的东西，一边暴躁地跟母亲吵架。哪怕是脚底一个硌疼了他的小石子，也会让他暴跳如雷，并将这股怨气迁怒到母亲的身上。

　　这时候，我和姐姐总是猫一样蹑手蹑脚，很有眼色地帮着父母收拾庭院里被暴雨打得砰砰作响的锅碗瓢盆，尽量将那些会让父亲发作的家什，全都抢救进房间里来。一阵紧张的忙碌之后，我会老老实实地坐在窗前温习功课，可是一颗心却飞到了自家麦田里，我恨不得像孙悟空一样，一挥衣袖，就将乌云全部拂去，露出光芒四射的太阳。

　　父母早已睡下了，我知道他们想借睡觉来逃避麦田可能会遭遇狂风暴雨袭击的烦恼。家里静悄悄的，我听见父母辗转反侧时发出的轻微声响，还有一个知了哑着嗓子，在某一片梧桐树叶下，偶尔发出的惊慌鸣叫。我有些饿了，但没有人做饭，我只好去找一个煎饼吃。吃煎饼的时候，想到那煎饼是小麦面粉做的，我又有些难过，这一场暴雨，该让我少吃多少个煎饼啊。

天放晴的时候，村子里浩浩荡荡的全是人，大家穿着雨靴，急匆匆地朝自家麦田里走。边走边问遇到的人，麦子有没有倒伏？如果对方说没有，心也依然不肯放下，会想着自己家的也是这样幸运吗？小孩子们蹚着水玩，捡起水里爬出来喘气的蚯蚓，搭在小木棍上，旋转一阵，而后又扔回水里去，看它们一伸一缩地消失掉。

我没有心思玩这些，远远地跟着父母去了麦田。麦穗上沾满了雨水，沉甸甸的，越发地低下头去。我看到麦田的中间，有一片麦子集体倒伏下去，好像臣服的人。我知道直到割麦的那一天，它们都将以这样的姿势，匍匐在大地上，再也无法站起，仰望给了它们干旱，也给了它们暴雨的蓝天。

相比起割麦、扬场，以及之后晾晒的整个过程，我更喜欢这一段麦子安静生长的时光。我常常在所有人都赤膊上阵匆忙割麦的时候，在烈日下忆起暖风吹过绿色麦浪的初夏时光。空气里有甜蜜的花朵的香气，我总觉得那是麦子的气息，它们像即将生育的女人，腹部饱满，面容恬静，又隐匿着动荡与不安。我见过村子里年轻的夫妇，挖草的时候，忽然间消失在麦田里，随后有笑声从麦田的深处传出。他们在做什么呢？年少的我并不清楚，却知道一定是诱人的事情，否则，当他们再次出现在麦田里，年轻女人的脸上，不会荡漾着醉人的微笑。

但一切诱惑人心的微笑，都将转化为蓬头垢面的生活。割麦的人们，总是急迫的，焦灼的。他们怕又来一场大雨，怕场地太小，没有了自家扬场、晾晒的地盘。即便后来有了小麦脱粒机，无须再用人拉着牛和轱辘一天到晚地在麦子上旋转，可是割麦还是像一场竞争激烈的比赛一样，紧催着人们的心。一切都不再有绿色麦浪里的浪漫和闲散。母亲裹着的头巾上，似乎永远覆盖着一层麦糠，扬场人的脸上也总是灰扑扑的，麦粒就这样一下下地跟壳分离开来，最终被晾晒干净，装入麻袋，存入自家厢房一排排的大瓮里。

我的记忆，也被这样一层一层过滤、分离，最终，只留下美好洁净的春天和春天里碧波荡漾的大片大片的麦田。

西瓜

　　黑亮的西瓜种子还装在漂亮的铁罐子里的时候，我就想偷偷打开，嗑上一粒尝尝了。但父母总是说，这些种子是喷过农药的，吃了会死人。我不想跟村子里寻死觅活的人一样，一瓶农药下去，就翻了白眼，还得很麻烦地被地排车拉到医院，用肥皂水清洗肠胃，所以只能咽下一口唾液，耐心又焦急地等待着夏天的到来。

　　西瓜尚未在浓密的叶子下若隐若现的时候，跟其他任何一种植物一样，不会被人们想起或者惦念。我们小孩子尽情地在田间地头奔跑，哪管经过的究竟是西瓜地，还是稻子地，再或玉米地、高粱地。直到某一天，忽然间被一个圆滚滚的绿色家伙给绊倒在地，啃了一嘴的泥，才会忽然间发现，啊，西瓜竟然大到快要红了瓤了！

　　这比任何的科学发现都能让我开心，因为接下来的任务，就要轮到我和姐姐上场了。父母早早地就在田地里扎了瓜棚。瓜棚就是一张木床，简单地搭一个顶棚，然后用塑料罩下来，就能遮风避雨了。看瓜是一个大任务，至少我和姐姐是这样认为的。似乎瓜看不好，就会被人全都偷光了一样，或者那瓜就会个个吃起来不甜，拿到集上卖，人家切一个三角小口一尝，立刻拒绝，掉头走了。所以每天早晨起来，吃完了饭，我一抹嘴，便跑出了家门。姐姐就在后面追我，喊着让我提一壶水过去。我头也不回地喊：渴了有西瓜，饿了有甜瓜，愁什么呢？！

姐姐当然按照母亲的要求，自己提着一暖壶水随后也到了西瓜地。我已经躺在凉风习习的瓜棚里，一边看罐头瓶子里被我养得健硕的蚂蚱，一边瞅着瓜地里有无陌生人伺机偷瓜。我很少会想到，即便有人来偷瓜，连自己都保护不了的小小的我，究竟能够做什么。我只是觉得，只要瓜棚下有人，小偷们就不敢靠近，如果他们大了胆子前来，也一定让他们有来无回，一棍子把他们砸晕在瓜田里。这些当然都是我的想象。事实上，当悠闲的白天过去，黢黑的夜晚来临，我听着玉米地里蛐蛐的叫声，狗在某个角落里低低地吠叫，街道上有小孩子在哭闹着喊着妈妈，我总会下意识地靠姐姐近一些。如果忽然间有脚步声从地头上传来，我会吓得心怦怦乱跳，恨不能躲到床底下去，化作一把泥土，一片叶子，一个西瓜，总之什么不引人注意，就化作什么。比我大三岁的姐姐也大气不敢出一口，只听着脚步声越来越近，好像自玉米地的某个角落里传来。我想那贼一定在偷窥着我们。我在心里默默祈祷，贼啊，你赶紧挑一个最大的西瓜走吧！无论如何，都放过我和姐姐，让我们能平安地回家吃母亲做的一顿晚饭。我还想问问姐姐，万一贼跳出来怎么办呢？你害不害怕？可是却开不了口，怕一出声，那贼立刻从背后当头给我一记闷棍。

在我吓得闭上眼睛，连头顶夜空上漂亮的月亮和星星也不敢看，而且马上要很没出息地哭出声来的时候，母亲温暖熟悉的声音忽然间响起，我立刻跳起来，冲母亲喊：娘，我饿了！母亲的手电筒照过来，并转交给我和姐姐，柔声道：快回家喝糊豆粥去，路上注意点，别栽沟里去了！

我已经困得睁不开眼睛了，真希望像小时候那样，被母亲背回家去；我趴在她温厚的脊背上，觉得世界是安全的，洞穴一样暖烘烘的。但母亲还要接替我和姐姐继续看瓜，如果不放心，她还会让父亲在瓜棚里度过一个夜晚。我是完全不敢在空无一人的西瓜地里过夜的，尽管头顶有满天的繁星陪伴，可是那反而让人觉得更加恐慌，似乎周围的玉米地里，风过处响起的窸窸窣窣的声音，全是想要偷瓜的人。小偷们究竟藏在什么地方呢？为什么他们不偷钱，不偷小孩，偏偏对一个西瓜痴迷？他们是天天饿肚子的人吗？如果被逮住了，他们会被揍一顿呢，还是会被扭送到派出所里去呢？为了一个西瓜坐牢的人，多么委屈啊！

我一路胡思乱想着，跟着拿手电筒的姐姐走过田间小路，经过一个沟渠，穿过一条巷子，再战战兢兢地路过哑巴家门口，心里保佑哑巴千万别走出家门，冲我啊啊叫唤；然后再一折一拐，便进了自己家门。父亲正在院子里就着灯光搓麻绳，准备卖西瓜的时候，绑地排车上的西瓜用。姐姐自己舀了糊豆粥喝，我也去灶间盛饭，却无意中踩到一只夜游老鼠的尾巴，我吓坏了，喊：娘，有老鼠！没有人搭理我的惊吓。我想起瓜棚下的母亲，忽然有些想她，后悔跟了姐姐回来。我宁肯饿着肚子，也不想在如此孤独的夜晚，一个人吃饱了睡下。

后来母亲究竟有没有回来睡觉呢，我也不知道，因为第二天清晨，当我睁开眼睛，母亲已经扛起锄头又下地干活了。桌子上放着一个洗干净的甜瓜，我欣喜地咬下一口，觉得院子里没有人声的寂寞，被这甜蜜的味道给冲淡了。尽管姐姐因为我没有先让她啃一口，给了我一连串白眼，但我依然旁若无人地吃完一半后，重重放在桌子上，出了门。

我要去瓜棚里找寻我的蚂蚱。我在罐头瓶子里面放了潦草茎啊、豆角啊之类的吃食，我确定它不会饿死，但会不会被父亲扔掉，我不太确定。扔掉了也没什么，只要别让坏脾气的父亲，一脚踩死在瓜棚里就好。我一边走着一边这样想。

瓜棚里已经有些热了。母亲在地里忙着锄草，父亲则在给黄瓜和豆角搭着架子。太阳将瓜棚里的席子烤得有些发烫，我心不在焉地坐在上面，看着热气在大地上蒸腾。有那么一刻，我很希望自己变成一只蚂蚁，钻到阴凉的床底下去待着。我更希望这时候的父亲会开恩，在地里左敲敲，右敲敲，找到一个熟得恰到好处的西瓜后，便毫不犹豫地摘下来，抱到瓜棚里，先放到水桶里"冰镇"半个小时，而后用细长的水果刀切下去，美味的黄色沙瓤西瓜便呈现在面前。我一直觉得世界上没有比沙瓤西瓜更好吃的水果了，否则我不会明明吃得肚子撑得难受，还要跑到西瓜地里撒一泡尿，而后提着裤子跑回来，继续敞开了肚皮吃。就连邻居家果园里的狗，也能闻到蜜甜的味道，顾不得是不是自家人，过来跟我们凑上一桌。当然，狗很自觉地只啃我们扔到地上的西瓜皮。至于盆里的，它也明白，那是我们家留着腌咸菜用的。

等到人和狗都吃得肚子溜圆，就到了午休的时间。世界一下子安静下来，只剩下知了的鸣叫和风拂过玉米叶子的轻微声响。人躺在小风嗖嗖的瓜棚里，听着头顶上的塑料被风掀起又落下的柔和的簌簌声，很轻盈地便滑入了午后的梦中。梦里会有什么呢？大约就像置身的田野一样，处处是绿色的藤蔓，藤蔓上爬满了有漂亮花纹的西瓜，狗卧在床底下，蚂蚱隐匿在瓶子里；热气在风里离开大地，向半空蒸腾；甜瓜在某个角落里，等着人去采摘；一只鸟嗖一声飞离了玉米地，前往某片未知的果园。

就在这样的安静里，一个人影晃动着朝西瓜地走来。我总是纳闷，偷瓜的人为什么不在漆黑的夜晚作案，非要在太阳毒辣的正午"行凶"呢？难道他就不怕人看到了，会被揪住扭送到派出所去？后来我想明白了，大约他们和我一样，只有在太阳最无情的正午，才会对西瓜有强烈的品尝欲望。就像一个饥渴的路人，明明知道人家里有狗，还是会直接闯入，连主人也不管，舀一碗水就咕咚咕咚地灌进肚子里去。而在夏天，除了需要花钱买的冰棍，还有什么吃食，能比西瓜更容易引起人清凉解渴的联想呢？所以小偷们这时在家里辗转反侧坐不住了，纷纷出动，趁着整个村子都在昏沉沉午睡的时候，前往事先就踩好了点的某个人家的瓜地。

谁也不知道偷瓜的人究竟什么时候踩的点。大约西瓜刚刚冒出头来，他们就开始琢磨上了，眼瞅着哪家的瓜地一派喜气丰收的模样，西瓜个个圆滚滚的，惹人惦记，如果不吃上一个，这一年夏天真是等于白过了。看瓜的人，也大约在视线交锋中就发现了偷瓜者的欲望火苗，所以一来一往，就是家家地里都建起了瓜棚，等着前来买瓜的人，更等着胆敢偷瓜的那个主儿。

可是那个来偷瓜的贼，始终都没有来，以至于我常常问母亲，明明没有贼来我们家，为什么还非要那么辛苦地天天在地里看呢？母亲便瞪我一眼说：万一哪天贼来了，将西瓜全都偷走了，岂不是这一年都白辛苦了？

母亲说得万一，只在别人家的西瓜地里偶尔出现过。据说是一些夏天里闲得无聊的小孩子，非要弄出点事来，给村子里的人看看不可，于是便东游西逛地偷鸡摸狗，兼营偷了瓜去树林里逍遥。一旦他们被逮住了，道歉的从来都是大人，提着一篮子自家种的青菜，在夜色掩映下，摸至被偷人家的门口，讪讪地赔着笑，在拉家常的时候，将自己龟孙儿子办的丑事狠骂一通。那被偷的看在同村的份儿上，也就不计前嫌，临走，还朝那菜篮子里放上一个沙瓤的大西瓜，西瓜还是从自家井里刚刚提上来的，冰镇的一般，每个细胞里都透着清凉劲。只是笑脸送出去后，被偷的人家的孩子或者女人，总免不了愤愤嘟囔：偷一个，再拿一个，这买卖真合算！男人们厌烦这样叽叽歪歪的小肚鸡肠，回身呵斥：闲着没事，看瓜去！不至于为了一个西瓜，就撕破了脸！

西瓜被一车一车拉去集市的时候，很少会有人再将防贼当成看瓜的重点。那时候的瓜地，渐渐变得空旷，露出泥土的颜色，而田地中间点缀一样的甜瓜，更是落寞孤单。瓜蔓的水分在烈日下慢慢蒸发，犹如一根根枯黄萎缩的手臂，在大地上横七竖八地摆放着。四周的玉米地茂密起来，微风吹过，传来哗啦哗啦的声响，好像有一条无边的河流，在夏日的黄昏里流过原野。

父亲和母亲卖瓜还没有回来，我希望他们拉的地排车不会空着回来，至少给我带回点漂亮的小玩意儿，文具或者衣服，什么都行。可惜，他们总是想不到我，地排车里放着的，不是农药化肥或者农具之类，便是没有卖完被拉回来的西瓜。姐姐似乎很少关心这些，她要忙着在父母回家之前，将糊豆粥烧好，再从生了很多蛆虫的咸菜缸里，捞一个咸菜疙瘩出来，用井水洗洗，切好了丝放在盘子里。一切都准备好了，这才去西瓜地里接替我。

不管我在瓜地里做了什么，总会被姐姐呵斥，似乎我做什么都不对。假如我在瓜棚下睡着了，她会直接将我拽起来，连一点梦的尾巴都不给我留，凶巴巴地催我回家。我猜想她是怕父母回来后，因为瓜没有卖出去多少而心情太差，骂她做的饭难吃，所以才提前焦虑烦恼，以至于需要将心底的惧怕，统统都输送给我，才能觉得安稳。

有能干的姐姐在，我永远都不用担心父母会骂到我。所以也就不怎么搭理姐姐的呵斥，只白一眼她，慢吞吞走出了瓜地。

太阳已经快要落下地平线了，整个村庄都笼罩在薄薄的青烟和夕阳之中。一切都是安静的，连狗叫声也没有。我一个人孤独地走在田间的小路上，看着自己的影子滑过一个个正饱满肥胖起来的玉米。哑巴女人尖锐的喊叫声，从远处的某个地方啊啊地传来。不知是在与人争执，还是正向人描述着什么。一只羊咩咩地在地边上吃草，谁家的狗受了惊吓似的，忽然间叫了起来。

我一块田地一块田地地走过，看到村子里所有的西瓜地，原来都与我们家的一样，变得空荡起来，好像被洗劫过后的战场，或者被人偷袭过的家园。我有些忧伤，也有些失落。我想起瓜棚很快就要拆了，我养的蚂蚱，大约会在某个清凉的夜里，悄无声息地溜走。等到瓜棚的四个柱子被拔掉，地面将重新成为田地的垄沟，完全看不出我曾经在某个夜晚，躺在瓜棚下看向天空的痕迹。

我知道，最后一个有些寡淡的西瓜吃过后，热闹的夏天，也就快要过去了。

腊条

　　腊条在乡下，更常用的名字是"条子"，专门供编筐所用。父亲是十里八乡数得着的"职业编筐人"，所以对于腊条，他比任何人都更有发言权。在我出生以前，父亲就去外乡拜师学艺，有了这门可以养活一家老小的手艺。而我们家的院子里，也成年累月地堆满了腊条，旧的编成了筐，新的又源源不断地通过卡车运进来。于是，庭院里便总是有一股潮湿新鲜的腊条的气息，好像它们还在西坡的田野里，迎着细雨挺拔地向着天空生长。

　　秋天的时候，种植腊条的人家早早就跟父亲联系好，定好日子，将一年编筐所需的腊条全拉了来。父亲是村里唯一一个懂得编各式"条货"的人，当然，别人家的男人偶尔也会编个筐啊、篮啊，应付一下日常所需，但是如果像样一些，拿得出手一些，看上去像个过日子的人家，还得买父亲手里的"条货"。所以，虽然编筐这门手艺不能让我们家大富大贵，但至少可以补贴点零花钱。在寻到别的更合适的行当之前，父亲也就像种庄稼一样，一年年地收购满院子的腊条，并在反复的风干、水泡之后，才开始让这些腊条派上编筐的用场。

　　新的腊条差不多要存放半年，父亲才会将它们挑选出来使用。这是父亲的第二职业，基本上，只要忙完地里的活计，他就会在院子里打扫出一片空地，而后将编筐的工具一一摆出来，开始像蚂蚁一样勤奋地劳作。事实上，我很怕认真编筐时的父亲，所以在讨要学费或者零花钱的时候，我会等他忙完了，将所有腊条收好，再把麦秸秆做成的草苫子盖上去，并慢悠悠喝完一杯茶之后，才小心翼翼地说出我的恳求。若我在父亲正用斧子用力地将一根比拇指还粗的腊条，砸进编了一半的筐里去的时候，或者他一脸青筋地将一根腊条狠狠压在脖子下，又用粗糙的大手扳过另外一根来的时候，忽然间将学校要交钱的不幸消息说出来，我得到的或许不是钱，而是一声疲惫的怒吼，一阵让人恐惧的沉默，或者更可怕的，是父亲顺手扔下正在编的苹果筐，操起手头一根粗壮有力的腊条，朝我猛抽过来。我立刻吓得连跑的力气都没有了，好像被孙悟空给定住了的可怜的妖怪，除非母亲跑过来拦阻，否则我没有任何办法逃得掉这场惩罚。

所以我其实并不喜欢满院子的腊条，尽管它们可以换来我需要的学费、喜欢吃的油条和漂亮的衣服。但我又拿它们完全没有办法，只能接受别人家的孩子被父母拿笤帚疙瘩打的时候，我不得不被腊条狠抽的"悲惨命运"。

不过我还是佩服父亲，学啥像啥，但凡经过他的手，那些腊条就全都变得温顺起来，想让它们怎么舞蹈就怎么舞蹈，甚至可以像柳条一样柔软无骨。他不仅会编小巧美观的粪箕子、驮筐、粪筐、苹果篓子、提篮，还可以一个人完成两三米高的庞然大物——酒海。冬天，村里的女人们热火朝天地忙着编席子，父亲则将腊条娴熟地掌控在双手之中。只不过，这时父亲的战场变成了室内。

室内当然因此变得很是拥挤。就连我写作业都没了阵地，只能搬到昏暗的卧室里，打开电灯或者点上蜡烛奋笔疾书。透过房间的窗户，我看到父亲的影子落在墙壁上。那影子夹杂在舞动的腊条之中，虽然瘦削，却有不怒而威的力量。我觉得父亲即便是老了，也一定像粗壮的腊条一样，嗖的一声抽下去，就在水泥地上留下一条白森森的印记。

在灯下的堂屋里，明显有些施展不开手脚。于是，腊条时而碰到了灯泡，让满屋子都是飞旋的人影；时而落在水缸的沿壁上，发出清脆又寂寥的响声；时而将绳条上的毛巾扯下来，又甩到洗脸盆里。父亲尽力地收拢它们的手脚，但无奈腊条太长，房间又太小，总也无法使它们驯服。母亲大约觉得自己也碍脚，收拾完家务，就悄无声息地躲到隔壁房间里做针线活。于是整个堂屋的灯下，就只剩了父亲一个人。他会打开收音机，听单田芳的评书，一场听完了，一个驮筐也就编了三分之一。母亲这时候才走出来，收拾父亲折腾出的满地狼藉。我侧耳倾听，院子里静悄悄的，夜色笼罩了日间所有的喧哗。干冷的空气里，一切都被冻住了，并泛着惨白的霜。只有父亲的咳嗽声，一下下地撞击着夜色的边缘。

冬季漫长无边，母亲自然也不会闲着。几乎每天，她都会帮父亲用牛角梭子将一根根腊条一劈三片。新劈开的腊条，泛着新鲜的白色的光，似乎还能看到它们在田里生机勃勃的样子。父亲总会将劈开的和无须劈开的腊条合理混编进篓筐里去，让成品看起来色彩丰富又不凌乱。每根腊条的根部都会被削尖，方便插入士兵一样排好方队的其他腊条队伍里去。母亲做起这些来，俨然是父亲最好的学徒，熟练到无须父亲开口，就能完成他所有的要求，知道今天要编的驮筐或者粪箕子，大概需要多少根腊条，其中有多少是粗的可以用来打底或者作为"顶梁柱"，又有多少是血管一样细细游走在驮筐身体里的。他们一个编筐，一个修剪，配合得非常默契。平日经常争吵的两个人，唯独在这件事上，从未有过矛盾。父亲将编筐当成艺术品去打理，母亲也将其看成织毛衣或纳鞋底一样的细活，基于同样的做事理念，两个人便有了同心协力、联袂打天下的英勇作战姿态。

这看上去颇有些动人，让我在冬天会觉得日子不那么难熬。甚至有时听见父母轻声絮叨着家长里短，炖着白豆腐的锅里发出的咕咚咕咚的响声，母亲帮父亲用力扳着腊条，喉咙里发出的轻微使劲的声音时，我还会觉得心里暖烘烘的。那一刻，我完全原谅了父亲拿着一根腊条，将我和姐姐追得满院子跑时的冷酷无情。我的脸微微发烫，好像炉火太旺了。窗外是寂静无人的冰天雪地，而房间里的一切，被烧得近乎透明的炭，烤得像一块炉底的馒头，一口咬下去，松软酥脆，不由得欢天喜地起来。

可是春天一到，房间里就变得空荡起来，父亲转而将编筐的阵地移到院子里去。院子里什么都有，鸡啊、鸭啊、鹅啊，尚未围栏的小猪啊，它们跑来跑去的，将空气搅得热气腾腾的。它们还会在腊条上拉一泡屎，让正在编筐的父亲顺手操起一根来，照准了狠抽下去，庭院里顿时鸡飞狗跳，煞是热闹。春天的阳光暖洋洋的，父亲很快热得满头大汗，脱了毛衣，直接穿一件外套，轻松地让腊条在手里翻飞。墙头上站着几只鸡，精神抖擞地检阅着春天里的一切。长了鲜亮鸡冠的公鸡，时不时地就仰起脖子响亮地鸣叫一声，直惊得窝里安静卧着下蛋的母鸡浑身一哆嗦。父亲在这样慵懒的春光里，便有微醺后的小快乐，十指翻飞中，还不忘停下喝一杯茉莉花茶，并哼起一整个冬天他都不曾哼唱过的《南泥湾》：花篮的花儿香 / 听我来唱一唱 / 唱一呀唱……好地方来好风光 / 到处是庄稼 / 遍地是牛羊……

父亲这样唱着的时候，母亲则在一旁挑拣苗条秀气的腊条，她还细心地将每一根腊条都用抹布擦拭干净。父亲并不问母亲要做什么，他早就知道她想要一个漂亮精巧的菜筐。现在用的菜筐，因时日长久，早已黯淡无光，这让希望日子过得更洁净精致一些的母亲，觉得心头不畅。事实上，她已经给父亲提过好几次了，可是父亲只忙着挣钱的粪箕子啊、驮筐啊、酒海啊、篮子啊、篓子啊，对于自家的家什，却不怎么上心。但墙角一株桃树上绽满的明亮的花朵，却让粗糙的父亲跟母亲达成了一致，只是他什么也不说，母亲也不说。两个人就这样在暖意融融的春光里，悄无声息地各忙各的，直到母亲整理好了编菜筐大致需要的腊条，并将它们单独用绳子捆好，立在墙角，这才去做午饭。而父亲呢，则将正编的驮筐朝旁边一丢，抱过母亲整理好的腊条。他并不问母亲需要什么样式的菜筐，他对此自信满满。

母亲将饭差不多做好了，父亲的菜筐也基本有了雏形。母亲于是笑嘻嘻地摆好饭菜碗筷，再用锡壶烫上二两小酒，然后便响亮地叫我：去，喊你爹吃饭，让他歇歇，下午再编。我站在屋门口，想，母亲真麻烦，明明这句话，院子里的父亲早就听到了，还非要让我再啰唆一遍。不就是一个菜篮子吗，至于这么兴师动众地做三菜一汤吗？可是，我知道母亲是开心的，而父亲，也难得一副好脾气的样子，于是我也跟着在这浓郁的春天里快乐起来，并冲着院子里的父亲高喊：爹，吃饭啦！

　　父亲接下为酒厂编一批酒海的任务之后，便没有了春天里的闲散。夏日天长，父亲总是早晨五点多钟就起床编酒海。那时，热气还没有升腾，空气中有好闻的青草的味道。母亲打扫过的庭院里，有不知名的小虫子爬过后留下的细长诡异的印记，我始终没有猜出那是什么虫子的足迹，但觉得像蛇。我猜想父亲在挖编织酒海使用的土坑的时候，一定也挖出过蛇。父亲当然是不怕蛇的，在我的眼里，他似乎什么都不害怕，他能用腊条编出直径两米高达三米的圆柱形酒海来，他的身体也就注入了腊条的坚硬与粗粝。腊条当然还是柔韧的，百折不断，可是父亲却很少有温柔的时刻。我怕父亲的铁砂掌，更怕他随时会扬起来抽打在我身上的腊条。

　　忙于酒海任务的父亲，因为疲惫，脾气会变得坏起来。我和姐姐在院子里玩的时候，就小心翼翼的。我玩荡秋千，姐姐则玩弹珠，这样的游戏，都不会弄出多大的声响来，也便不会打扰到院墙外在蝉鸣声中流汗编酒海的父亲。就连母亲晨起打扫院子，也是轻手轻脚的，我躺在床上，只听得到笤帚在地面上发出的唰唰唰的声音。除此之外，整个世界都是悄无声息的，大街上叫卖馒头或者红豆腐、白豆腐的小贩还没有来。窗户上落了一层薄薄的光，太阳还躲在某个地方酣睡。我知道这是父亲编酒海最好的时刻，空气清爽得像是秋天，又像被河水清洗过，清甜中透着沁人的凉。我闭上眼睛，想，趁父亲还没有发脾气，再睡一会懒觉吧。

可是等白天快要过去，村民们也有了闲空，跑来看父亲编着庞然大物，并顺带捎上一个粪箕子或者驮筐回去的时候，浑身累得散了架的父亲，就在乡邻讨价还价的琐碎中，不耐烦起来。可是他又不能冲别人发脾气，于是便在人走之后故意找碴儿。有时母亲会忍着，有时好强的她会顶一两句嘴。也有时候，他们两个人毫无缘由地就吵了起来，而且越吵越凶，终于各自操起了家伙，有时还会误伤到我。我生出了恐惧，便在三三两两来看热闹的混乱的人群中，像一只被主人嫌弃的猫，悄悄溜出了家门。

天色已经完全暗了下来，这让我觉得自己仿佛无家可归一样。不过，我并不感到多么羞耻，因为没有人会注意到在黑暗中行走的我，更没有人会故意提高了嗓门，"不怀好意"地问我，脸上的伤痕究竟怎么来的。

我就这样沿着安静的玉米地，漫无边际地走着，直到我在一片苹果园旁停了下来。看守人住的小屋里，透出微弱的光，一只狗听见我的声响，汪汪叫了起来。然后是一束强烈刺眼的手电筒光，照在我的脸上。我抬起手，遮挡住眼睛，却还是被看守果园的女人，窥去了所有的秘密。

"这么晚还跑出来，是爹娘吵架了吧？瞧，脸上是腊条子抽的吧？你爹下手可真狠！"

我没有回答女人一个字，扭头就朝原路跑回去。我跑了究竟有多久呢，我也不知道，只听见村子里有女人们在沿街唤着他们的孩子回家。我侧耳细细听着，终究没有听到自己的名字。

我的鼻子里酸酸的，却是忍着，像一根倔强的腊条，一声不吭。

决明子

在决明子只是一种野生的会开花的植物，而不是我们眼里可以换来金钱和针头线脑的药材之前，它们是最不被人注意的生命。也不知什么时候，它们就在村子所有闲置的泥土上，茂盛地一丛一丛生长起来。不管是砍了还是烧了，第二年春天，那片泥土里又有新的决明子，野草一样一簇簇地挤满了山坡、沟垄、墙角，或者掩埋垃圾的深坑里。它们随处可见，生命力旺盛到甚至让人厌倦。

于是我们小孩子在玩耍的时候，会因为无聊，撸下一把决明子黄色的花朵来，随手洒到路边的碎砖乱瓦里去。离了枝头的花朵，很快就脏了，蔫了，最后被蚂蚁们随意践踏，不过几日，便混入泥土不见了踪迹。有时候我们还会比赛谁的力气更大，将墙根的决明子一棵棵拔下来，谁一口气拔的最多，谁就是胜利者。连根拔下后，决明子便被随便丢弃在路边。如果遇到一场雨水，它们会奇迹般地借助风的力量，将根基斜斜地重新扎回到泥土里去。它们就这样倾斜着身体，一直抵达果实成熟的秋天。没有人注意它们在短暂的一生中，怎样努力地朝着泥土靠近，就像雪夜中的人，努力靠近遥远的一盏灯火的温暖。它们与被人挖下后随手丢在地头上，靠着根基残留的泥土重新生机勃勃的野草一样，越发地被人轻视。

决明子基本是自生自灭的植物。春天，人还没有注意，它们就已铺满了低矮的山坡、土堆、路边，或者所有适宜野草生长的荒废的泥土里。没有人给它们浇水施肥，它们的一生全凭上天是否眷顾。年月好的时候，它们能够将领土扩展到苹果园或者山楂林里。只是这样的侵占，很快会被勤快的人发现，一锄头下去，断了生命。所以它们还是更愿意在无人关注的荒野里播撒下种子，以便可以平安无事地从春天走到秋天。春天，它们卖力地向高处生长，有时可以高达两米，即便矮小的也有一米。夏天，小孩子钻到决明子丛中去，走着走着，就只看到枝叶晃动，却不见了人影。黄色的花朵开满了决明子的枝头，它们蝴蝶一样轻盈地飞舞在风里，远远看去，大片大片地，宛若天边的黄云，飘忽不定，时断时续，又被穿行在其中的小孩子弄得摇摇晃晃。那时候我们并不知道决明子是草药，闻到它不像海棠、蔷薇的花朵那样馥郁，心里便有些轻慢，很随意地将花朵撸下来，顺着风抛洒到半空中。那小小的秀气的花朵在风里飘飞片刻，便纷纷扬扬混入了泥土里。

我们女孩子更喜欢将这些轻盈的"黄蝴蝶"戴到耳畔，或插到辫梢。尽管决明子散发出草药的香气，可是一串串小小的花朵着实美极了，戴在鬓边，穿再普通的衣服，也会让走在巷子里的人，一下子有了光泽。它们质朴低调，并不招摇，不像蔷薇那么抢眼，若是戴了，出门碰到熟人，对方马上笑话说：瞧瞧，才多大孩子，就这么阔气，将来要嫁个有钱的还好，如果没钱，可怎么是好？戴花的女孩子便羞红了脸，心里微微生着气，想：这跟你有什么关系呢？反正是不嫁你的！这话当然不会说出来，只是眼含着怨意，白那人一眼，便飞快地跑开了。倒是吃了白眼的熟人，嘿嘿笑起来，好像占了什么便宜一样。

秋天的时候，决明子全身挂满了细长的荚果，那果实有时比巴掌还要长。因为荚果里细小的果实很像绿豆，所以也有人称决明子为假绿豆。不过这样不浪漫的名字，也只有对决明子不甚爱惜的农家人才会想出来。除了村子里的中医，大概很少有人知道决明子名字的由来是因为它有"明目"的功效。想来，起名字的中医一定是位仙风道骨的老先生，喜欢读孔子、孟子、老子的书，因此执意要在"决明"后面，加个颇有意境的"子"字，于是这一在乡间漫山漫野生长的普通的植物，便具有了美好娴静的古意。

在乡下的老中医尚未将决明子的独特功效传递给村民的时候，秋天的决明子纷纷在阳光下炸裂，露出棕色的颗粒。男孩子们丝毫不关心它们怎样成熟，老去，脱落，坠入泥土。女孩子们则开心地将那些果实捡起来，剥开后晒干了，装入沙包。于是操场上、小巷里、麦场上，便有了我们的欢呼声。那沙包砸在人身上，比沙子温柔多了。捡起来闻闻，还有淡若无痕的草药香。沙包都是我们一针一线缝制的，将六片好看的正方形花布缝在一起，反过来，再装入决明子颗粒，封上口就可以了。女孩子低头认真地做着针线活，心里想着做好了出门给小伙伴们炫耀一下，比比谁的花色搭配最美，谁的踢起来轻松舒适，谁的小巧玲珑、可爱秀气。一旦比输了，一定请母亲或者姐姐帮忙，做一个更好的出来。

不过女人们还有更重要的事来做。她们需要将采摘下的决明子，好好翻晒干了，再将里面的籽剥出来，做枕头用。决明子的枕头比荞麦皮的稍硬，味道却比荞麦皮好闻得多，枕在上面，会闻到青草的香味。朦胧中睡去的时候，感觉自己好像变成了一只睡在草丛里的小小的蝴蝶，或者有绿色翼翅的飞虫，再或躺在叶片上小憩的蚂蚁。梦里还有风中吹来的决明子花朵的香气，它们的荚果隐匿在枝叶间，时隐时现，傍晚的阳光照射过来，每一片叶子都闪烁着梦幻般的光泽。一切都是轻的，美的。枕上的孩子还会傻乎乎地笑起来，将旁边的母亲吓一跳，继而骂一句：也不知道这熊孩子在做啥美梦，一个人笑成这样！做母亲的当然不知道孩子白日在田野里怎样奔跑和玩耍，大人们只顾着庄稼和鸡鸭牛羊，一个小孩子的日常生活，丝毫没有生计更为重要；而且乡下的孩子实在太多了，每一家都葡萄一样挂着一嘟噜，最后就连女人们自己也记不清这些孩子的生日究竟是什么时候。

决明子荚果里拥挤着的菱形种子，一旦出了壳，缝入沙包，装入枕头，便不再被人记起。只有在天气好的冬日，女人们将被褥枕头拿出来，搭在绳条上、矮墙上，或者棉花枯枝上晾晒，听到枕头里窸窸窣窣的响声，才会想起决明子从春天到秋天的短暂一生。但这样的想起，不过是瞬间，便被柴米油盐的琐事给打断了。决明子又重新回到一株野草应有的安静，被人忘记，并静待明年春天的到来。

那年秋天，村子里忽然有人来收购决明子，一切便都变了模样。决明子在我们眼里，第一次成了可以换来货郎鼓箱子里所有好玩东西的宝贝，日常用的针头线脑也行，胭脂口红也行，就连作业本和铅笔盒，甚至书包，男人们的茶叶和香烟，都能买得来。这样一个发现，让村子里的女人们和孩子们全都兴奋起来。兴奋过后，女人们发现自己秋天忙得根本没有时间采摘决明子。可是，很快她们又发现，自己生下的那一窝窝

"猪仔"，已经可以挣钱补贴家用了。无须走太远就能采摘很多的决明子，无疑是最好的挣钱门路。

于是，母亲和其他的女人们一样，给我和姐姐一人缝制了一个大大的口袋。那口袋是将化肥袋子拦腰截断，拴上两根绳子，而后系在腰上的，这样方便两只手都解放出来采摘决明子。当然，我和姐姐还会另外带着一个大麻袋，这样腰上的袋子满了，就能倒入麻袋里去。这跟摘棉花有些相似，可是感觉却完全不同。因为棉花采的是自己家的，不能额外生出钱来；决明子却到处都是，且没有主人，那简直相当于满地都能捡到钱一样让人兴奋。更重要的是，我不再被母亲关在家里，天天守着炉灶烧水做饭了。相对于吃饭，当然还是挣钱更能吸引母亲的注意。

离开家到田野里去，就像鸟儿飞出了笼子，有在蓝天下自由自在飞翔的快乐。姐姐并不喜欢我这个跟屁虫，总觉得我是父母的眼线，时刻监视着她，让她即便飞出了笼子，也无法酣畅淋漓地翱翔。我在姐姐的白眼里，心情并未受到太大的影响，照例欢天喜地地出门，哼着欢快的小曲，朝决明子大片大片生长的南坡跑去。南坡上早已有了不少和我一样淘金的孩子，其中当然是爱臭美的女孩居多，因为我们都想换了钱去买头绳和发卡。男孩子们是没耐心做这件事的，单单不停歇地拽下决明子这个动作，就会让他们厌烦。不过，他们看女孩子是不厌烦的，而且还会津津有味地对我们评头论足，或者隔着一段距离唱歌给女孩子们听。于是，这大片的已经没有花朵的决明子坡地，在秋天的风里，就会忽然间变得浪漫起来。在荒草丛生的南坡，是独属于我们小孩子的天地。

一切都在蓝色的天空下，散发着成熟的味道。风吹起大地上的落叶，将它们卷进沟渠，或堆积在大道边。闲着没事的老太太们，会将树叶收集起来，用麻袋背回家去烧锅。我一边采摘着决明子，一边想，如果云朵也有用的话，比如可以用来裁剪漂亮的衬衫或者裙子，再或挂在窗户上做成窗帘，像棉絮一样做一件棉袄也好，那么秋天的乡下，一定也拥满了采摘云朵的人吧？

秋天的风多么舒适啊，我几乎想要将它们收集起来，储存到炎热的夏天去用。就像把决明子储存到枕头里，枕一个又一个四季一样。据说采摘的决明子最终被卖到城市里做成药材，那么那些需要决明子明目或者降压的人，会不会闻到秋天里风的味道呢？或者是男孩女孩们隔着大片的决明子，传递爱慕的甜蜜？泥土湿润的气息，万物成熟时汇聚一起的浓郁的味道，在浸泡的决明子茶里，会不会清晰地浮现？如果都不能够，决明子只是在药店里成为一种药，而不是植物、花草或者神秘的生命，那将是多么无趣啊！

在我为这些虚无缥缈的事情惆怅的时候，姐姐正避开我的视线，装作无意地朝一个模样好看的男孩慢慢走过去。她的手并没有闲着，但在我看来，那一刻她采摘决明子的动作，完全是为了掩人耳目。她喜欢上了那个面容俊朗的男孩，她出门前之所以在镜子前打扮了半个小时，连袜子、内衣都提前一个星期洗了，精心地收起来放着，并因此让母亲一顿臭骂，不过是为了这一刻，她在他的面前能够更美一些。那时我并不懂得美是什么，可是在那个阳光明亮的秋天的午后，看见姐姐穿着火红色的衣服，犹如热烈的晚霞，朝着男孩飘去，我还是因姐姐的美，惊讶得忘记了自己应该去做什么，才不至于让姐姐在此后怨恼我偷窥了她内心的秘密。

我并不知道那个男孩的名字，只从他回家的方向，判断他来自邻村。而姐姐就这样在我的严密"监视"下，不管不顾地爱上了一个陌生的男孩，以至于最后对我视而不见，每次见到他就直接奔跑过去，站在高高的决明子丛中，跟他细细碎碎地说一些什么。当然，他们在说话的时候，是装作熟人一样，漫不经心地一边采摘决明子，一边假装无意中碰到而寒暄的。

决明子原来还有爱情的味道，这是我第一次从陷入朦胧爱情中的姐姐身上发现的。这种味道，浓郁而又纯净，热烈而又清新，是初恋的芬芳，是尚未得到爱情之前的梦幻与深情。

隔着十几米的距离，我站在大片大片的决明子丛中，看着姐姐羞涩地抬头仰望着她心中的爱情，忽然，我的脸红了，好像是我自己陷入了爱情里。

如果姐姐讨好我，给我一块糖，我一定边吃边告诉她，我不会给父母提及与这件事有关的任何细节。

我将一串决明子放入袋子里，很认真地这样想。

香椿

　　乡下人喜欢种香椿树，但不会种太多，就像家家户户都会养只猫狗一样。香椿树是庭院里珍稀的树种，有点像特供的饭菜，因为只此一碗，所以吃来便觉得格外香甜。但就是这样一棵香椿树，一旦年月长久，长得枝繁叶茂，它所能供给的一道好食材——香椿芽，却是有吃也吃不完的富足。只此一棵，也便成就了乡下庭院里香椿树的高贵和孤独。

　　我家庭院门口却有两棵香椿树，这多出来的一棵，是前院王战家里遮住了整个屋顶的老香椿树，悄无声息地将根基穿越了院墙，延展到我们家的领土范围，并从根基上生出的一株新树苗。出了门的树，就无法定义是谁家的了，于是母亲便挖下来，植入我们家院子。这也全怪我们家的另外一棵香椿树，年龄太小，还不能完全承担起供应我们一家全年香椿芽的重任，才让母亲移情别恋，移植来了"新人"。

　　王战奶奶一脸老朽，一双三寸金莲，但还健步如飞，爬平房的竹梯子跟猴子一样快，噌噌噌就爬了上来。所以她其实老早就看到了自家的香椿树"出了轨"，逾越了势力范围。我想她或许早就瞥见了那株像模像样的小树苗，并在母亲偷走的当天，就发现了这一秘密。于是几天后，那株老香椿树伸出墙来的树根，便被砍断了。根上的一些小芽，也因为失去了母体的供给，很快枯萎死亡。

这一株经历过风波的香椿树，便小心翼翼地在压水机旁，靠着一棵臭椿树，又被一棵高大的梧桐树罩着，年复一年地长了起来。我独独喜欢这株香椿树，大约它跟我在家中的位置很像，也是老二，在姐姐和弟弟的夹缝中努力讨好着每一个人。于是惺惺相惜，我便格外地照顾这株小树。因为地理位置不好，它的生长速度始终没有超过之前的那棵，每年春天采香椿芽的时候，母亲总是一边昂头用铁钩子勾着，一边抱怨：这苗质量就是不好，每年好水好肥地浇灌着，却只发这么点可怜的芽，不够塞我牙缝的。我极力偏袒它：都怨你栽的地方不好，靠着臭椿树，熏得它不敢发芽，怕发多了太臭，而且它周围那么多树，营养全被吸走了！

母亲听了白我一眼，转身去钩另外那棵已经越过墙头和平房，伸展到胖婶家的香椿树，并再次抱怨道：你爹栽的这一棵更不是个地儿，靠着墙，掰下来的香椿芽，都落到别人家了。我知道母亲其实是心烦去胖婶家捡拾的时候，还得虚情假意地礼让一番，便快嘴安慰她道：怕什么，胖婶家也有香椿树，人家才不稀罕吃我们的呢！母亲瞪我，而后压低了嗓门骂道：就你嘴刁，少说一句能噎死啊！

我也生了气，将母亲掰下来的香椿芽捡拾到一起，朝筐子里一扔，就扭头跑回房间，捧起一本书来假装学习。我的视线却落在前院家的老香椿树上，我看到王战奶奶正踮着小脚，站在平房上拿长钩子掰香椿芽呢。我想她一定会笑话我们家两棵小小的不装门面的香椿树，更会笑话同样拿着钩子左看右看却找不到一点嫩芽要掰的母亲。她家的老香椿，跟她一样，老当益壮，满树嫩芽，常常因为来不及掰，迅速地在春天里老掉。不过王战奶奶一定不知道，在很多个全村人似乎都睡着了的午后，胖婶偷偷地站在墙根下，将伸出墙外的香椿芽钩下来。胖婶的动作很轻，像一只穿越墙头的猫一样蹑手蹑脚，唯恐惊醒了午睡中的人。可是胖婶也不知道，平房的梧桐树枝下，坐着假装翻看闲书的我，正斜眼偷窥着她。隔着我们家的香椿树，我看到胖婶撅着胖大的屁股，捡拾着落在砖头和木头缝里的香椿芽。她的乳房在风里晃动着，好像要坠下来了，我的一颗心因此总是担着，直到她一扭头，大约瞥见了平房上的我，骂一句她家摇摇晃晃路过的呆头鹅，就匆匆进了自家的院子。

很快我听见胖婶家屋子里传出搬动瓷盆的声音，我知道胖婶开始腌制香椿芽了。就在同一时刻，前院王战奶奶开启了一场不点名的骂战。虽然心虚的是做贼的胖婶，可是因为地理位置的原因，我们家也不可置疑地成为被怀疑的对象；至少，在不知情的街坊眼里，或许母亲正是王战奶奶嘴里那个"屙血坏良心"的人。我于是替母亲觉得委屈，说明明是胖婶偷的香椿芽嘛！母亲嘴一撇：怕什么，还能冤枉了你娘我？果不其然，当天晚上王战奶奶再骂，声音就直奔胖婶家大门而去。我在院子里隔墙听着听着，就有些困了。哈欠声声中，只听隔壁的胖婶压低嗓门骂了一句：咸吃萝卜淡操心！我忍不住想笑，却被母亲当头棒喝：赶紧上床！别在这里跟人学骂！

我们家的香椿芽，好歹够吃上一段时日。母亲将嫩芽择洗干净，一部分现吃，做经典的香椿芽炒鸡蛋，一部分便跟胖婶一样用盐腌起来，这样可以放得更长久一些。刚刚摘下来的香椿芽湿漉漉的，碰一下香气便沾了满手，让人迷醉。香椿芽的香能够打开人的味蕾，但并不像槐花那么张扬，隔着好远就闻到了，你需要将脸伏在一簇嫩芽上，才能闻到那可以清洗过滤心肺的鲜香。院子里长着梧桐、枣树、杨树、桃树，晚风吹过，香椿的香气便收敛了一些，只幽幽地在夜色里缭绕着。黑夜轻微地漾了一下，随即又安静地合拢。

香椿芽炒鸡蛋只能满足一时的口腹之欲，想要长久，当然要靠腌制。腌制后的香椿芽，失了水分，叶子变成了黑绿色，看上去蔫蔫的。捏起一绺夹在煎饼里，朝门槛上一坐，一边喷香地吃着，一边看院子里叽叽喳喳跑来跑去的鸡和墙头上飞来飞去的鸟。太阳照得人暖洋洋的，有些慵懒，眯眼倚在门框上，我想，桃花源里也不过如此吧。有时候鸡会一路小跑过来，毫不客气地啄食着地上的煎饼碎渣。蚂蚁们早就下手了，有那么几个，估计是大力士，拖着一块我牙缝里漏下来的香椿芽，努力地往树洞里去；无奈中间横插过来一只公鸡，轻而易举地就啄了那块"肥肉"去，恨得一群蚂蚁牙痒痒，只得原路返回，再寻找新的食物。

中午吃面条，母亲懒得做菜，便用热水加醋和香油，泡一小碗剁碎了的腌制香椿芽。等面条熟了，捞出来，凉水一浸，再倒入香椿芽汁，用筷子搅拌均匀。我蹲在树下阴凉里，呼噜呼噜地吃，吃完了，才抹一下嘴，腾出空来说一句：好吃！只是吃得太快太撑，有些站不起来，干脆放下碗，直接盘腿坐在地上，打着饱嗝，抬头看天空上一片云朵怎样慢慢飘过树梢，滑到无边无际的苍茫虚空里去。树叶缝隙里筛下的点点金光，晃人眼睛，也让吃饱了饭的我，生出困倦，想要变成一只瓢虫，趴在树根上沉沉睡去。

香椿芽摘完了头茬，再发出的芽便失了昔日的香气，好像一个女孩子忽然间老了，不复昔日的水嫩芳华。于是香椿树就成了院子里一株最普通的树，普通到好像任何树都可以欺负它，遮掩它，挡住阳光雨露。人们于是便忘记了香椿树，开始注意起开芬芳小白花的枣树，或者吹着粉白"妈妈斗"的梧桐树，落下可以炒菜吃的"毛毛虫"的杨树。至于此后再无任何地方能引人注目的香椿树，只能安静地待在角落里，做一株无用的树。

不过我还是喜欢长得笔直挺拔的香椿树，尤其相比起它对面长得跟个魁梧大将军似的臭椿树。村里人没多少见识，并不知道臭椿树因为吸收粉尘、木质优良，可做家具，而被称为天堂树，只是觉得这树块头挺大，没两年就长得十分高大，可以伐来卖钱，娶媳妇用，所以院子里便栽上许多臭椿树，也不管我们小孩子多么不喜欢那树上散发的臭味。"臭大姐"（椿象）倒是欢天喜地地赶了过来，很快落在树上，爬上爬下地显示着它做主人的威风。我觉得臭大姐和臭椿树真是臭味相投，一个散发臭味，一个盾牌一样长得中规中矩，浑身上下没有一点讨人喜欢的地方。臭大姐的六条腿和两条须动起来的时候，越发觉得这厮让人生气，怎么就长得这么扁平中庸、毫无特色呢？看看人家花大姐，名字不过换了一个字，却有七星瓢虫一样漂亮的黑色波点翼翅，而且是一层白底，一层红底，一层黑白间隔底，简直像时刻准备参加高级舞会的公主，或者惹人喜爱的蝴蝶。而且身材又是蜻蜓一样修长秀气的，哪像臭大姐，尖嘴猴腮的样子，看着就是偷吃树营养的害虫。尽管大人们说，花大姐跟臭大姐是一家子，都不是什么好虫，但一家子姐妹也有美的丑的不是？所以，也不妨碍我和小伙伴们从香椿树上捉了花大姐玩得不亦乐乎，而对臭大姐掩鼻而过。

想来我们捉花大姐还算是为香椿树除害，但我还是喜欢有虫子的树，哪怕只是一些树根旁筑窝的蚂蚁，或者毛毛虫，雨后泥土里钻出来透气的蚯蚓，节了龟（金蝉），它们都会让我觉得这棵树跟人一样活得丰富多彩，并不孤单寂寞。一到夜晚，虫子们就趴在树干或者伏在树叶上睡着了。风吹过的时候，花大姐的梦里，一定也有一些起伏的波浪。所有的生命都安静下来，它们和香椿以及像香椿一样的大树，彼此依靠，互相慰藉。

在乡下，很少有人会将香椿当成木材使用，人们只有在春天的时候，才会想到它们，并因为它们嫩芽的独特香味和在集市上能卖出的好价钱，而始终让它们在庭院里颐养天年似的安稳待着。香椿树也大约惦记着这点好，不像柳树那样在春天飘满轻浮的柳絮，也不像梧桐一样有遮天蔽日的壮硕，它们就这样不急不慢地长着，很多年过去，也才不过长粗了一小圈。好像，它们是遗忘了年月的世外仙人。

第三章

庭院

看一只蚂蚁，大约跟看一会天空一样，是乡下人永远不会厌倦的习惯。因为天空一直都在那里，比人类更长久地存在下去；而蚂蚁们呢，也地老天荒般地在大地上奔来走去，没有休止，也永无绝灭。

狗

　　村子里的狗，一茬接着一茬。狗老了，走不动了，又有新的狗生出来，继续接替老狗，在大街上穿梭来往。老的狗常常跟老的人一起，在冬天的自家院子里，或者院墙根下，寂寞地蹲着。老人抽着烟袋，抽一口，烟雾要吐上许久，好像旱烟也临近暮年，行动迟缓。那老狗就笼罩在烟雾里，有些面目模糊。一切都是安静的，晒干的玉米秸被正午的风吹着，发出簌簌的响声。老人的喉咙里好像有痰，上不来，也下不去，就在那里耽搁着，于是呼吸的时候，便有呼噜呼噜的声音。旁边卧躺着的老狗也是，它的喘气声有些费力，瘦得只剩下一张皮似的身体，有气无力地随着喘息声上下浮动，好像一张飘在河里的腐朽的树皮。临近暮年的老狗，也一定正在朝一条河流走去，那河流会渡它到另外一个安静的地方，那里没有村子里的喧哗，也没有炊烟与食物，但却是美好寂静的。

　　濒临死亡的狗，比人更为淡定，它们也有子女，但很少眷恋。所以狗的眼睛里，就少一些纠结与痛苦。身体上的疼痛，也只是让它们抽搐一下，或者哼哼两声，随即便将自己隐匿在无声无息之中。年老的狗从不遭人反感，它们很自觉地躲得远远的，卧在某个不会让人注意的角落里，苍蝇慢慢地盯住了它们，嗡嗡地叫着，落在毛发脱落稀疏的身体上，叮咬着它们所剩不多的营养。

狗和人一样，是村子里自然的存在。村子里有多少户人家，就差不多有多少条狗。有时候也分不清哪是野狗，哪是家狗。它们每日厮混在一起，跟村里人爱扎堆聚在一起唠嗑一样。村南头的狗说一句话，村北头的狗很快就用狂吠回应上，其他的狗也跟着聊上几句，于是夜晚村子里的安静，忽然间就被打破了。睡觉的人迷迷糊糊地，却知道这是谁家的狗带的头，于是将那狗的主人骂上几句，一个转身，又睡过去了。

大约怕夜里也被人骂，母亲因此从来不肯养狗；或许也心疼钱，怕咬了人，还要陪人花钱去打狂犬疫苗。从未养过狗，我也便怕狗，路上碰到了，总是沿着墙根走，怕一不小，就有狗蹿上来，将我撕碎了吃掉。不过村子里的狗跟人一样，相互都是熟悉的，即便关系不怎么好，但也知道这迎面走来的是谁家的媳妇，或者哪个大胖女人的男人。所以真的被狗咬了的事情，并不常见。除非某家的小孩子，非要不识好歹地欺负那狗，狗于是不再管孩子是不是本家的，上去就是一口。这一口要让两家的大人，为此打上很长时间的口舌战。被咬的孩子爹妈指责狗主人没看管好自家的狗，让它四处撒野；狗主人则骂孩子自贬身价，非得跟一条狗较真。小孩子在大人的争吵中，也恨那狗，下次见了它，非捡起地上的砖头砸它一顿不可。狗呢，也知道自己惹了祸，接连很长时间，见了人都灰溜溜的。就是见了别的狗，也抬不起头来。有时候那狗会到狗群里走上一圈，听听别的狗关于它的闲话，如果有不妥当的地方，就辩解几句；难听一些的，也不多言，直接干上一场，用嘴巴决定胜负。当然大多数时候，这狗是不敢再招惹是非的，没吃没喝不说，夜晚还会被关在家门外；尽管篱笆很矮，泥墙也不高，助跑几步就能一下子跨越，但狗还是像被惩罚的孩子一样，徘徊在院墙根下直到半夜。最后狗累了，就蹲踞在门口，睁着眼睛一边想想日间的烦恼，一边警惕着有无盗贼接近主人家院子。狗是即便被撵出去的那一刻，也要为主人尽忠职守的。

　　乡下的狗，跟乡下的娃一样，少有娇生惯养的，从未有人给狗看过什么病，好像乡下狗的一生，从来没有生老病死。狗生了病，都是自己慢慢熬着，熬过去了，就好了；熬不过去，也就变成残疾或者死掉了。除了小孩子，没有什么人会想念一只狗的往昔，因为永远有新的狗替补过来，成为新的看门护院的仆人。狗好养活，所以哪家如果缺了儿子，在接连生了七八个女儿后，忽然间蹦出来个男孩，他一定会被家族命名为"狗剩""狗蛋""狗子""狗娃"之类，以便可以跟狗一样好养活。

不过人生下来，名字虽然不好听，却被姐姐们百般呵护。狗生下来，则连个窝也没有。院子里随便哪儿，只要不碍人的事，不挡人的道，都可以成为狗的窝。有时候狗也会跟鸡躺在一起，或者在牛棚里，香台下，猪圈旁，悄无声息、低眉顺眼地一卧。狗怯人，也只是怯自家主人，它们需要讨好主人，让主人高兴；帮主人掌管好院子，是它们一生的职责。至于报酬，是完全不计较的。乡下的狗，一年里吃荤的机会不是太多。但它们一样长得很壮实，从未有营养不良的样子，带出去也特别给主人装面子。有时候它们背着主人，会在垃圾堆里捡拾骨头吃。那骨头经历了风吹日晒，都如干枯的木棒一样。但狗依然抢食得非常快活，好像那上面沾着肥硕的一块好肉。有人经过，恶作剧地吓唬一下，它们理也不理，继续埋头苦吃。

正午，男人们在门口的梧桐树下，就着咸菜，蹲在地上吃面条。男人们吃面条跟干什么大事业似的，呼噜呼噜地响。为了表示面条是香的，还要吧唧着嘴，声音隔着二里路都能听到。即便隔着厚厚的墙，女人们仅仅凭吧唧嘴的声音，也能将自家男人指认出来。阳光透过梧桐树叶洒在盛放面条的海碗里，星星点点的，好像喜气的金子。狗就蹲在人的身边，闭眼假装睡着，但狗的鼻子却翕动着，似乎想吃主人碗里的面条，又一直矜持着，忍着，装出毫无兴趣的样子。就连掉在地上的饭渣，狗也不会轻易地就跑到人的脚下捡漏，非等到人蹲得腿脚麻了，将碗里剩下的残渣用筷子拨拉到地上，示意狗来清理干净，那狗才温驯地起身，礼貌地做最后的清扫工作。

乡下的狗当然永远没有人吃得饱，如果见到一个大肚子的狗，那一定是一只怀孕的母狗。乡下的狗怀孕了，常常找不到是谁家的狗播撒的种子。因此，男人女人们吵架，使用的具有浓郁性意味的词语，常常都与狗有关。两口子吵架的时候，狗就在院子里听着。有喜欢看热闹的人，站在院墙根外侧耳偷听，狗闻着那气息，如果是陌生的，一定会叫起来。干架干到兴头上的夫妻俩，并不关心这些，甚至会因此觉得更加气恼，好像狗的好心打扰了他们，于是骂一句"狗日的"，并将原本应该砸到对方脑袋上的锅碗瓢盆，丢到院子里狗的身上去。狗受了惊吓，跳了起来，看着这一场互相撕扯的战争，终于有些害怕，像早就逃出去的孩子，灰溜溜地跑出院子，想要找一条街上熟识的狗，说一说心里的恐慌。

最终，狗什么都没有说，只是沿着墙根孤独地走了一阵，将心底淤积的烦恼，借由一泡尿撒了出去。而后，又朝家的方向走去。在巷子口，狗会遇到看热闹的男人女人们，他们打着心满意足的哈欠，交换着观察到的夫妻俩吵架的有趣的细节，就像交换一场电影里隐秘的情色趣味。狗经过他们，会低下头，好像他们点评的不是主人，而是自己。狗自己有什么呢？它一无所有，除了对主人的赤诚之心。可是这满腔的一文不值的热情，又有谁知道呢？于是狗只能夹起尾巴，缩起身子，也不去吼叫那些从院子里杂沓出来的男女，而是很安静地在门口的麦秸垛旁卧下来。狗听到有女人尖着嗓子笑道：看他们家的那条狗，大概也被揍了一顿，跟条落水狗一样，真可怜！狗这次没有喊叫，而是闭上了眼睛，假装什么也没有听到。

乡下的狗当然都不是吃闲饭的。尽管那饭也吃不饱，吃不香，但成了人家的狗，就要尽忠职守地做事。看家的任务当然是做狗的天职，谁家没有一条狗卧在家门口，代替主人辨别来人的好坏亲疏，那几乎有些人丁不旺的衰颓相。白天的村子里，全是人的声音，隔墙喊叫的，大街小巷里吵嚷的，狗则隐没了一样，悄无声息地在太阳里晒着，或者阴凉里吐着舌头。只有太阳落下山去，黑夜像袍子一样罩在村庄上的时候，东头的狗和西头的狗，才会在没有阻碍的夜色中，隔空交流一阵。狗一生的睡眠，大约都是轻的、浅的，犹如暮年的老人。不管酷暑还是寒冬，狗都随时做好醒来战斗的准备。什么风吹草动都逃不过它们的耳朵，所以狗的梦境也一定是碎片化的，好像一潭湖水，时不时会有小孩子将一枚石子投进去，打破梦的宁静。两只醒来的狗，会在深夜用叫声说几句话，也不会多，只是呓语似的聊一会，而后看一眼墙上晃动的树影，再侧耳倾听下巷子里渐渐远去的脚步声，便止了声息，重新沉入梦境中去。

在麦场里打麦的时候，狗是麦子最好的守护者。不同人家的麦场隔得很近，有时候就用麻袋做个隔断。如果主人不在，再不仔细问一句，人也分不清哪个麦垛是哪家的，狗却清楚得很。如果有人趁机拽一把麦子，狗会立刻扑上去将人撂倒在地。当然，接下来的动作，狗会看人的眼色行事，毕竟都是一个村子里的熟人，抬头不见低头见，偷人麦子虽然可恶，但也不至于到咬下一块肉来的程度。如果狗真那么没有眼色，咬伤了偷麦子的人，让主人倒霉，赔钱给那人去打狂犬疫苗，到头来遭殃的还是狗自己。所以狗在下口之前，是会察言观色的，且不会误判那眼色中的爱憎程度。大约，狗之间也是有亲疏远近的，狗一定也知道偷麦子的人是哪个"狗友"的主人，看在"狗友"的面子上，且不去撕破他的衣服，留一个活口，只让他在主人面前露丑愧疚就可以了。

于是在月光下的麦场里，除了几声尖锐的狗叫声和人与人之间压低了嗓门的交涉，谁也不知道发生了什么。但狗不说，人的嘴巴是遮不住的。第二天起床后，从村东头到村西头，人人都知道了谁家麦场被偷的新闻。那小偷两天内是不敢出门的，怕人的唾沫和狗的叫声会将他淹死。可总是要忙秋收的，于是便昼伏夜出，在高高挂起的马灯下，收拾自家的麦场，并在听到一声熟悉的狗叫后，骂一句娘，也便一日日熬过了这个麦收。

麦收过了，田野里便有些空旷和荒凉。放羊的人沿着田间小道，将羊赶到树林里去。放猪的狗，则跟人一样，左右驱赶着猪去无人耕种的坡地上吃草。猪拱着草地，左一下、右一下，要漫无边际地吃下去的样子。但狗不会让猪的这一梦想得逞，它像一个指挥有方的将领，在左冲右突中，保持着猪群队伍优雅有序的风度。猪会在坡地上度过一个美好的下午，直吃得肚子拖地，好像怀胎十月的样子。小猪仔们也不甘落后，跟在母猪的后面，啃着茎叶鲜嫩的苋菜、灰灰菜，或者马蜂菜。有时候猪会想越过狗的看管，去人家地里拱玉米苗吃，狗绝对不会允许这样越轨的事情发生，否则，引起人的纷争，最终惩罚的不是猪，而是未能担负起看管责任的狗自己。

猪老实吃草的时候，蹲踞在一旁的狗，一定像看羊的人一样，胡思乱想一阵，或者看着远处树丛里浮起的雾气出神。远方有什么呢？好像什么也没有，又好像隐藏着无尽的希望与梦想。可是那跟一只狗的世界，并没有太大的关系。狗的一生，隐居在乡村，行走在小巷，或者蹲伏在庭院的梧桐树下。远方是诗意的，而一只狗，只踞守在人的家园。

等到某一天，守护庭院的狗老了，叫也叫不动了，主人皱着眉，对登门的人说：瞧这只老狗，不中用了，还赖着不死！

狗将头藏到腐朽的、被蚊蝇趴满的身体下面，想要哭，却最终一滴泪也没有。

壁虎

天气暖和起来以后，院子低矮的土墙上，猪圈的顶棚上，石头缝里，房间的角落里，屋顶大梁上，甚至睡觉时的蚊帐上，便随处可以见到长相不那么讨人喜欢的壁虎。我在黄昏的时候，搬开一块石头，无意中看到趴在地上的灰色壁虎，常会吓一大跳。那只壁虎也好像受了我的惊吓，一时间愣在原地，不知该朝哪儿去；待上片刻，它才回过神来，消失在一堆乱石瓦块中。

乡下管壁虎叫蝎虎子，大约觉得它们跟蝎子属于同样长相骇人的物种。端午的时候，虫子们纷纷出洞，家家户户要驱"五毒"，这五毒里，除了蛇、癞蛤蟆、蝎子、蜈蚣，还有攀爬高手壁虎。但在庭院里，其余四种"毒虫"并不太常见，至少不会明目张胆地四处乱爬，属于不轻易扰民的类型。但是壁虎就从来不知躲避人，而且它们似乎很喜欢跟人一起居住。石灰腻成的墙上，挂着晒干的辣椒啊、豆角啊、茄干啊之类吃食，而壁虎就自由自在地穿梭其中。当然，它们只在黄昏抵达之后，才会借着夜色自由穿行。夜晚，院子里的灯一打开，如果哪面墙上没有十只八只壁虎在寻觅食物，人反而会觉得奇怪，甚至有一点寂寞，好像庭院里缺少了一些生机似的。

大约天天与壁虎见面的缘故，我虽然不喜欢这小虫的长相，但也没有怕到一定要将其消灭的地步。况且，壁虎是吃蚊子的高手，即便被大人灌输了不知有无根据的其尿液有毒的观念，但跟这小虫还是保持互不干涉的距离。况且，它们的皮肤软软的，样子也有些像长了四肢的蛇，我避之还来不及呢，又怎么会故意地去招惹它们？

　　无事可做的傍晚，我会坐在院子里，一边拍打着蒲扇，一边看墙上的壁虎陆续出来觅食。壁虎的脚酷似吸盘，可以紧紧地吸附在任何物体上，这让它们看起来很像武侠电影里飞檐走壁、无所不能的英雄。所以每次瞥见它们在墙上如履平地般爬来爬去，还时不时地探出脑袋，将半空中的蚊子瞬间吃掉，却从来不会掉落下来，便心生羡慕，想着如果自己也可以这样爬到邻居家墙头上去，看一眼家家户户正做什么，或在静夜里偷听隔壁胖婶绵绵不绝地大骂瘦叔，再或爬到高高的屋顶上，看看万籁俱寂的深夜里，月亮上到底有没有嫦娥和玉兔，那该多好！

　　壁虎当然从不理会我的胡思乱想，它们是这个世界上最专注的捕食专家，既不需要阳光的温暖，也不需要人类的打扰，只要有蚊虫存在，又恰好没有瓢泼大雨，便是上好的年景了。为了一只蚊虫，它们可以一动不动在黑暗的墙壁或者屋檐下，趴上许久。以至于我半夜起来撒尿，还会看到那只壁虎屏气凝神地在纱窗上趴着。当然，也可能已经不是最初我上床睡觉时见到的那只了。它们长得如此相似，很少有人能够说出纱窗上的这一只壁虎，跟矮墙上的那一只，究竟有什么区别。人也没有这样的闲情逸致去跟一只壁虎逗趣，因为人总是想，与其那样无聊，还不如去跟村南头的铁蛋兄弟干上一架。乡下的人不能闲着，一闲着就觉得无趣，总要找些不相干的什么人，道些家长里短才好。

但壁虎就不一样了。人害怕壁虎，壁虎也恐惧人。人觉得壁虎长相瘆人，又丑，看见了总是绕道而行，或者嗤之以鼻，叫骂几句，丝毫不觉得它们捕捉蚊虫，对人是有益的。壁虎也怕面目狰狞的人，看他们在院子里为柴米油盐的琐事争吵，或者毫不留情地拿着笤帚疙瘩追打光屁股的小孩，将原本可以安静的庭院，弄得鸡飞狗跳，它们便怕，急忙地爬到更高的墙壁上，躲在一处电灯昏黄的光线照不到的阴影里，悄无声息地等待院子里的波澜平息下去。夜色如溪水，在哗啦哗啦吹起的风里，慢慢回归寂静。

一些公的壁虎是会叫的，静夜里仔细听，从墙角处会传来"唧唧唧""吱吱吱""嘶嘶嘶"的声音，类似蟋蟀的鸣叫，但又不尽相同。不过除非求偶或者受到攻击，它们基本上会无声无息地待着，不给人增添任何的麻烦，更不会像人恶意揣测的那样，爬到人的衣服或者后背上去。所以大多数时候，人与壁虎还是能够和平共处的。即便它们偶尔爬到卧室里，挂在蚊帐上，也很快在人的吼声里，迅速地消失在橱柜后面，或者某个人永远无法抵达的角落里。

我总怀疑壁虎是被孙悟空之类的神秘人物给施了妖法，他们将图画书里南美雨林中的食人鳄鱼，像金箍棒一样缩小了，扔到了我们乡下来。好在它们体型很小，不至于吃人，所以我才能安全地坐在院子里，看它们目不转睛地捕捉蚊虫。我还怀疑它们身上有一种甜蜜的味道，否则怎么会吸引那些会飞的蚊虫，傻乎乎地靠近它们？当然，它们也会自己爬到靠近灯光的屋檐下，或者电线杆上，尽可能地离蚊虫近一些。可是，一个不会飞翔的小动物，想要捕捉有翅膀的蚊虫，多少还是有些难度的。它们又没有我们小孩子常用的捕捉蜻蜓或者知了的网，单凭一条长长的小细舌头，倏地一下伸出来，就能粘住飞翔的蚊虫，这功夫实在比武侠电影里的英雄们厉害多了。就连我们人，也没有壁虎能耐大，捕捉蚊子全靠喷药，或者挂起蚊帐，来个瓮中捉鳖。但壁虎可是要以蚊虫为一日三餐的，如果没有一点真本事，怕是活不过一个夏天就饿死了。

但有时候，夜晚站在墙根旁边，无意中半空滴下湿漉漉的水珠，我还是充满了恐惧，不知那水珠到底是不是壁虎的尿液，因为大人们都说，壁虎的尿有剧毒，滴到哪儿，哪儿就会溃烂。村里的老人们还讲故事吓唬我们小孩子，说很久很久以前，也是夏天的傍晚，一个女人给自己家的两个孩子洗澡，旁边桌子上有一杯白天喝剩的茶水，孩子们口渴，女人就顺手拿过茶水来给他们喝了。但片刻之后，两个孩子就消失不见，而盆里的水，则变得又浑又腥……这故事将我给硬生生地吓住了，甚至一到夏天，放在外面杯子里的水都不敢喝，怕一不小心，自己便化成了一摊脓水，连点骨灰都不留，就平白无故地从这可爱的人间蒸发掉了。

那滴在我手臂上的可疑的水珠，到底没有将我的胳膊废掉。但我还是一遍又一遍地用肥皂和泥巴清洗手臂，直到那里被我搓得像一根胡萝卜，我才努力说服自己，毒液应该被我阻挡在了皮肤外。可是自此再看到壁虎，就自动离它们远远的。那些无虫不捉的男孩子们，也很少会大胆地捕捉壁虎，大约也是怕自己溃烂而死吧？我想壁虎一定很喜欢这个虚构的故事，以及关于它们家族有剧毒的流言吧，因为如此，它们反而可以逍遥自在、无人打扰地生活。

当然，还是会有大胆不怕死的孩子，拿了小棍，在壁虎经过时，猛地朝尾巴上一击。那壁虎受了惊吓，竟然断掉尾巴，迅速地逃到砖缝里去。而那条可怜的尾巴，则在原地骇人地蹦跳几下，才慢慢平息下来，且最终没有像我们担心的那样，诡异地钻入某个人耳朵里去。据说，壁虎会慢慢长出新的尾巴，但我还是会想，它会不会思念过去的那一条尾巴呢？在没有尾巴的这段日子里，它会不会嫌弃自己的样子？或者别的壁虎看见了，会嘲笑它吧？如果它是一只正在恋爱中的壁虎，那更让人悲伤，不知道另外一半，会不会因为它身体的缺陷掉头走开，不管那一只壁虎嘴里衔了多少美味的蚊虫，献给它的爱人。这样想想，人才是最无情的，一个恶作剧，却可能让一只壁虎的生活，发生扭转性的巨变。

但同一条巷子里的祥子奶奶，却是不怕壁虎的。因为她几乎每天都要吃掉几只壁虎！这听起来有些可怕，却是千真万确的事。我其实很喜欢祥子奶奶，她总是笑眯眯的，看见我们小孩子，就从孙子开的小卖铺里，偷一粒糖出来给我们吃。对，她每次只偷一粒水果糖，而后剥开鲜亮的糖纸，放在已经快掉光牙齿的嘴里，咬开几瓣，分给我们。因了这点很快就化掉的甜味，我们对祥子奶奶充满了好感，觉得她真是一个好人。

可是好人有时不像故事书里写的那样，会有好报。祥子奶奶得了癌症，癌症当然是会死人的。大家纷纷前去探望，人多嘴杂，不知谁说了一个哪儿听来的偏方——壁虎可以治疗癌症。或许，说者不过是出于安慰，随便说一下罢了，但听的人上了心。不知道是祥子还是祥子奶奶，先动了这个主意，总之不久之后，我们每天傍晚都可以看到祥子拿一罐头瓶子，守候在巷子的墙根旁边，等着捕捉壁虎。

祥子那时候还没有娶上媳妇，所以他一个人想捉到几点就捉到几点，丝毫不用担心回家晚了，会挨媳妇一顿臭骂。我猜想一整个夏天，祥子因此被蚊子喝了很多的血。为了不弄断壁虎的尾巴，他每次都小心翼翼地用大的网罩，将壁虎套住，而后用手指将其轻轻弹到网罩上，再迅速地放到罐头瓶子里。听说，壁虎一定是活的、完整的，才会对癌症有效。我始终不知道祥子究竟是怎样将壁虎洗干净了，放到馒头里蒸熟了，给奶奶吃的。难道那壁虎不会跑掉吗？难道祥子不怕壁虎的尿液有毒吗？难道祥子奶奶吃壁虎的时候，不会呕吐吗？难道那壁虎吃到人的肚子里，不会死而复生吗？难道死亡比吃壁虎这件事，还要可怕吗？唉，人得有多大的勇气，才能将这么恐怖的壁虎，给吃下去啊！

我每天爬到平房上，或者在祥子家门口徘徊，也始终没有弄清楚，祥子究竟是怎样将壁虎给蒸熟了的；他的奶奶，又是怎样一条条地吃了一整个夏天的壁虎，以至于我们巷子里的壁虎慢慢地减少，祥子要去另外的胡同里寻找。我只知道，祥子奶奶自此很少出门，偶尔拄着拐杖在巷子里走上一圈，小孩子们总会躲得远远的，好像她浑身都爬满了骇人的壁虎。

第二年夏天，祥子再也没有出门捕捉壁虎，因为祥子奶奶没有熬过冬天便死掉了。巷子两边的石灰墙上，又开始有三三两两的壁虎，在黄昏的时候出来寻找食物，或者想念去年夏天断掉的半截尾巴。

只有在壁虎爬到蚊帐上，我睁开眼睛无意中碰到它们，并发出一声分贝很高的尖叫时，母亲才会骂我几句：一个蝎虎子，有什么好怕的？！人家祥子奶奶还吃过上百条呢！我不敢再出声了，并不是怕母亲骂我，而是忽然间觉得，那壁虎好像化成了祥子奶奶，隔着蚊帐，探头看着我，依然是笑眯眯的，露着为数不多的牙齿。

我蜷缩成小小的一团，又轻手轻脚地拽过枕巾来，蒙上了眼睛。

我不想打扰蚊帐上那只通了人性的壁虎。

蚯蚓

夏天的时候，下过雨，庭院里积满了水，通往巷子口的垄沟一时间忙不过来，那水便打着漩漫溢开来。有的积在梧桐树的树坑里，有的聚在香台底下，有的滞留在猪圈鸡窝旁。我拿着小棍子，将浅浅的垄沟里平日堆积的泥沙、树叶或者瓦块等垃圾，全都清理出来。这样疏通一番后，雨水便欢快起来，汩汩地朝墙外流去。于是半小时后，院子里便现出昔日清洁的模样。而在松软的泥土里，一定会看到许多条蚯蚓，爬到地面上透气。如果不是这一场大雨，它们大约要一辈子待在温暖的地下，或者庄稼和野草的根须里，无休无止地睡下去。

我其实是有些怕蚯蚓的，因为它们长得像小小的蛇，但又因它们着实没有小蛇那么可怕，至少，是在我完全可以控制的领域内，所以，我和很多的小孩子一样，喜欢拿一个细细的草茎，将它们挑起来，放到干燥的沙石路上，看它们笨拙地扭动着身体，一伸一缩地朝某个方向慌张地乱爬。如果它们爬得足够快，就能很快消失在某片泥土里。如果动作慢上一拍，就有被旁边冲过来的公鸡给一口啄进肚子里去的危险，再或被人踩断一截身体的致命一击。大街上还有许多小男孩，专门以断掉蚯蚓为乐，因为听说蚯蚓断了一半后，两端各自还会长出新的身体来。出于好奇，也出于恶作剧，他们就这样将蚯蚓从水里或者淤泥中捏出来，直接用尖锐的小木棍切断，再笑嘻嘻地看着那两部分怎样生离死别地各自愈合。

当然很少会有小孩子如此耐心地观察断掉的蚯蚓怎样成长为两条新的生命，乡下永远有比这更新奇的事情等着他们去做。而我，则害怕观看这样残忍的断体游戏。就像每次乡下来"玩戏法"的马戏团，为了挣钱，总有个十二三岁的小男孩，被当场卸断了胳膊（脱臼），以博取同情的泪水，以及更多的收入。而我，就在那恐惧的一刻，从人群里快速地挤出去，一路飞跑着回家，似乎再晚上一步，马戏团里那个心狠手辣的、卸胳膊的男人，就会将我也拉进去一起卸了。我想如果蚯蚓也有灵魂，它们会不会在断体的那一刻，像个孩子一样，内心满是无力逃脱的惊恐和绝望？据说，蚯蚓是有心脏的，如果正好切到它们的心脏，就会两边同时死去。一个有心的生命，也一定跟猫狗一样，是会哀哀地站在地上，抬头仰望着不可一世的人，求他们放过自己吧？

没有谁会想到这些，一条蚯蚓，不过是不值一提的蚯蚓罢了。在乡下人的眼里，生命只是人本身而已。不，即便是人本身，也不怎么值得被提及。所以没有被人给予过太多宠爱的孩子，自然不懂得怎样呵护别的生命，尤其是一条微不足道的蚯蚓。

大雨过后，蚯蚓究竟是怎么消失掉的呢，它们又去往哪一片泥土，没有人知道。地上的人照例过自己的凡俗日子，而泥土下的它们，也照例为庄稼疏松着泥土，生产着肥料，吞吃着残渣。没有人关心这个地下的王国有怎样的生活。人们在刨地挖草的时候，常常会与它们碰面，也不过是陌生人一样看一眼，就各自走开了。人也不帮蚯蚓回归原位，蚯蚓也不惹人烦厌地爬到脚面上去，让人起一身鸡皮疙瘩。蚯蚓只与泥土和所有植物的根系，有着最亲密的关系。它们透明柔软的身体，像弹琴的手指，有节奏地快速伸缩着，没有什么东西能够阻挡住它们的道路。我总怀疑《西游记》里的土行孙，是根据蚯蚓虚构的。当然，像蚯蚓一样能出入地上地下的动物有很多，它的本家长兄——蛇，就是其中之一。我天生好奇，喜欢去抠地上大大小小的土堆。小的会抠到蚂蚁、蝉、蟋蟀、地老虎、稀奇古怪的小虫子，大的则会抠到老鼠、蚯蚓，或者蛇。但相比起老鼠，我还是更害怕蚯蚓和蛇。蛇其实不会轻易碰到，而且它们体型细长，很容易看到。但蚯蚓则不同，它们跟泥土几乎一样的色泽，一不留神，就会在一把抓起的泥土里，碰到它们柔软湿滑的身体，甚至捏到它们的脑袋；而此时，我唯一会做的，便是一声尖叫，一扬手，将蚯蚓飞快地扔出去。

　　蚯蚓当然是田野里最无害的生物，它们既不会咬人，也不会袭击人，而且还是药材。村里的中医药铺里，有放中药的一格一格的小抽屉，上面写着"地龙"的，就是干了的蚯蚓。有患支气管哮喘的老人，买回去研成粉末，日日冲服下去，据说是有很好的药效的。但我总觉得害怕，担心那人肚子里会重新长出一条，而后某一天从屁股里拉出来，蚯蚓就成了蛔虫。但我并没有吃过蚯蚓，为什么拉屎的时候，也会有蛔虫从肚子里钻出来呢？啊，我的姐姐还曾经在拉一条蛔虫的时候，因为那虫子总也拉不完，让我用手去帮忙将那甩来甩去的蛔虫给拽出来！自从做过如此惊骇的事情后，蚯蚓对我来说，更添了一层惊悚。

　　但母亲完全不顾及我的恐惧，为了她养的那一院子的鸡能多下一些鸡蛋，去换油盐酱醋，非让我和姐姐去田野里挖蚯蚓给鸡改善生活。我于是只能提起两个罐头瓶子，跟扛着锄头的姐姐一起出门，朝蚯蚓最多的梧桐树林里走去。《红楼梦》里林黛玉扛着锄头是去葬花，我和姐姐则是很不唯美地挖蚯蚓。不过树林里的天地，在夏天的正午，也自有一种幽静之美。知了的叫声有些乏了，听上去便很是遥远。偶尔有鸟粪从头顶落下来，啪嗒一声，滴在一片树叶上，随后便许久都没有声音，只听得见我和姐姐踩在潮湿腐烂的枝叶上，所发出的啪嗒啪嗒寂寞的声响。不远处的沟渠里，有水正哗哗地流淌。鸟雀也午休了。偶尔一只淘气，不肯睡去，忽然间从一个枝头，飞到另外一个枝头，总会吓人一跳。阳光从树隙间漏下来，洒在细长的草茎上，有风吹过，那里便像一小段明亮梦幻的时光，在轻轻跳跃。

如果不是姐姐用锄头在潮湿的地面上扒开腐烂的树叶，沉迷于静寂时光里的我，几乎忘了自己是来做什么的。树叶下是另外一个小却复杂的王国，屎壳郎、毛毛虫、蚂蚁和飞虫，都聚集在这里自得其乐。再往更深处挖，就会看到蚯蚓。而且，越是湿润肥沃的、腐烂树叶堆积多的地方，越会挖到更多。姐姐负责在疏松的泥土里挖掘，我则将挖出来的劳动果实，捡到罐头瓶子里去。我当然从来不会用手去抓，而是用细细的木棍挑到里面。可怜的蚯蚓根本来不及逃走，就成了瓮中之鳖。

辛勤劳作上两三个小时，我们就可以收获两个罐头瓶子的蚯蚓了。相比姐姐，我当然是清闲的，所以有时候她在前面当"挖掘机"，我则悠哉悠哉地采摘红的蓝的黄的野花玩。树林里花草多极了，我可以采摘到足够多的花，编织成一个漂亮的花环，戴在自己头上臭美。母亲嫌麻烦，从来不给我留长发，甚至有一年，因为我身上生了虱子，她又懒得天天帮我捉，一气之下给我剃了光头！啊，我就这样小尼姑一样顶着光秃秃的脑壳，天天在学校里接受别人的嘲笑，以至于最后，我固执地在大夏天戴了一顶冬天的帽子去上学。那真是屈辱的时光。尽管依然无法像姐姐一样有齐腰长发，但至少我可以在树林里戴上漂亮的花环自得其乐。姐姐只顾着翻找蚯蚓，没时间给我白眼，除非她喊我很多声，我却不搭理，她才会气呼呼地过来打我后背一下。

我这样沉迷在想象中世界里的时候，竟然没注意地上的罐头瓶子被碰倒在地，而蚯蚓们则争先恐后地逃离牢笼，等姐姐一声尖叫，发现这一意外事故的时候，蚯蚓们已经跑得七零八落。这时候我是完全顾不得那么多了，怕回家挨母亲臭骂，只能硬着头皮，用手迅速地将蚯蚓们抓回瓶子里去。这简直太可怕了，好像手里抓了一堆刚刚出生的小蛇，那滑腻腻软绵绵的触感，让我全身的鸡皮疙瘩都起来了。又像半夜里遇了鬼，而且那鬼还是伏在你的背后，伸出一只白森森的爪子来，你汗毛倒竖，却不敢回头去看一眼。我在几乎闭着眼睛将蚯蚓全捉回瓶子去之后，快要哭出来了，执意跑到附近的垄沟里洗手，而且一遍遍地洗，没有肥皂，就用泥巴抹在手上，好像这样就可以将蚯蚓身上的体液全清洗掉。

洗手回来的时候，姐姐已收拾好了东西，准备打道回府。我编好的花环，被她随意地踩踏了几脚，失去了最初的生动。

即便姐姐没有故意踩上一脚，我也不敢拿回家去，因为怕她给父母告状，并添油加醋地说，蚯蚓被我放走了一半。一路提着两小罐蚯蚓，我有些提心吊胆，不知道前面一声不吭气呼呼走着的姐姐，到了家怎么跟我算账。瓶子里的蚯蚓们拥挤在一起，发出沙沙的响声，好像暗夜里的蚕，听起来有些孤独。我恨不能自己变成一条蚯蚓，混迹在模糊的群体里，分不清哪个是我。

好在母亲忙着晚饭，没工夫听姐姐汇报挖蚯蚓的战绩。她不过匆匆扫上一眼，说一句"倒给鸡吃去吧！"便忙着搅拌玉米粥去了。鸡像是听懂了母亲的命令，原本已经在窝里懒洋洋地准备休息了，这时候呼啦一下子全围过来，眼巴巴地瞅着我瓶子里的蚯蚓。我小心翼翼地掀开鸡网，将蚯蚓快速地倒在地上，而后连瓶子也不想要，就盖上了鸡网。母亲眼睛厉害，大喊一句：快将罐头瓶子拣出来，拉的上面全是鸡屎，下次怎么用？！我只好重新将胳膊伸到鸡网里去，拽出瓶子来，无意中将一个想要逃回瓶子去的蚯蚓给拉了出来。但一只母鸡眼尖，趁我不备，将脑袋伸出鸡网来。只是那母鸡没啄准，嘴巴啪一下落在了我的手上。我"啊"地大叫一声，哭着给母亲告状，不想却被她一通臭骂，骂我办事不利索，真是笨到家了，连个鸡都欺负我！

我悄无声息地走到院子的一个角落里，蹲在一棵梧桐树下，不想说话。暮色慢慢浮上来，邻居家的女人也在骂自家的孩子。我觉得有些孤独，好像那只被鸡漏掉啄食的蚯蚓。我很想知道它去了哪里，却又懒得动弹。抬头看看天空，月亮已经升上来了。那只蚯蚓在月亮底下，会迷路吗？这个问题，我想到快上床的时候，终究没有想出答案。

　　村南头的大水塘里，一到下雨，就涨满了水。小孩子一个猛子扎进去游泳，男人们则闲坐在水塘边钓鱼。他们都是有备而来，早早地派遣女人去捡拾一小罐蚯蚓，而后搬着马扎，拿着鱼竿，背着手，带上自家小儿，来到村头。水塘边早就集聚了一群人，女人们抱着孩子看跃上水面的鱼，像鸽子一样叽叽咕咕地点评水里扎猛子的男孩。她们又顺便指挥自家男人，将鱼钩上的蚯蚓投放到哪儿去，才能让鱼顺利上钩。如果蚯蚓被鱼偷吃，又趁机逃掉，女人们会失望地喊叫起来，并抱怨男人手笨。那坐在马扎上钓鱼的男人听了，当然不舒服，骂一句娘，让女人回家待着去！女人一撇嘴，人群里丢一句：我看你今天就是把蚯蚓全喂了鱼，也别指望能钓上一条来！男人听了越发地烦躁，顺手操起旁边盛放蚯蚓的罐头瓶子，啪一声丢进水里去。那瓶子起初在水里浮了一会，蚯蚓们纷纷借此爬出来，而后一条一条飘向水塘边去；过了片刻，水漫了进去，便听见咕咚一声，瓶子沉了底。只有蚯蚓们在水里起起伏伏，终于一点点靠近了岸边的水草，艰难爬了上去。

水塘边的人看着，觉得这一场夫妻之间的争吵没有扩大，实在无聊；于是再随便瞟一眼那些不知所踪的蚯蚓，还有怎么也不肯上钩的鱼，便彼此说着闲话，散开去了。

我拿着小棍，试图将被水草拦住的一条蚯蚓救上岸来，却一不小心差点滑下水去。我在惊吓中发一会呆，起身跺一下发麻的脚，也跟着走开了。

那只缠在水草上的蚯蚓，究竟怎么回到泥土里去的呢，我始终不知道答案。

飞　鸟
与　河流

蚂蚁

我在自家玉米地头上的大杨树下，凝神看一群蚂蚁。

更确切地说，它们属于一个蚂蚁王国。几乎每一棵树下，都有一个相似的蚂蚁王国。我猜想它们之间互不干涉，像两个国家一样，有使节来访，礼貌而且严肃，不到迫不得已，不会动用武力解决争端。况且秋天到了，它们的主要任务是储备粮食，而不是侵略别人的国土。生活在乡下的蚂蚁，比城市里的幸福多了。它们不必在钢筋水泥之间，费力挖掘通道，建造城墙；更不必费尽心机地爬到人家门口的垃圾堆里，或者遥远的菜市场上，去捡拾剩下的容易腐烂的残羹冷炙，作为过冬的食物。它们只要在农民收获的时候，随便去路上或者田间拉一点人家漏下的玉米啊、麦子啊、谷子啊、高粱啊、大豆啊，就可以过一个丰裕的冬天了。而且我怀疑它们夏天根本无须储备食物，因为到处都是吃的。每天早晨起来，伸个懒腰，闲散地爬出来，跟左邻右舍碰碰触角，打个招呼，就可以一边闲逛，一边顺便寻找吃的了。

所以夏天的蚂蚁们，比秋天的看上去更有闲情逸致。它们会有大把大把的时间，去周围做一次短途或者长途的旅行。一个小土堆，对它们就是一座需要奋力翻越的大山；一汪老牛撒下的味道浓郁的尿，则是一条需要借助木棍等工具才能穿过的小溪；一段被砍伐下的树枝，则像森林一样布满了荆棘和潜在的危险；至于一棵盘根错节的大树，那就是一个王国了。里面可不只是蚂蚁这一类生命，还有跟它们语言不通的蚯蚓啊、金蝉啊、蛐蛐啊、老鼠啊等物种，要跟这些面貌不同的生物打交道，想起来就比不同肤色的人类之间的交往复杂得多，因为一不小心，它们不只是流血死亡这么简单，而是可能被当作对方口中的一顿晚餐。当然，蚂蚁也不是好惹的，它们是一支擅长群体作战的部队，即便是庞大如一头牛，如果濒临死亡，也拿蚂蚁们没有办法。一头牛被一群蚂蚁咬死、吞噬，一点都不是玩笑。即便牛活着，蚂蚁也敢堂而皇之地爬到它们身上去旅行，或者在牛身上，寻找奄奄一息的跳蚤或者飞虫来吃。

所以蚂蚁大概是乡间活得最肆无忌惮也最悠闲自在的生命。人为财死，鸟为食亡，可是蚂蚁们从不用为这些过度焦虑。几乎每一株大树、每一片沟渠或者田间地头上，都会见到它们的踪迹。人每走一步，都可能踩死一只蚂蚁，这在乡下一点都不是夸张。当然，蚂蚁是不会这么轻易被踩死的。它们那么小，完全可以躲到鞋子凹下去的地方，躲过这一场随时随地都可能发生的灾难。至于那些牛脚啊、车轮啊、驴粪啊更不用说了。所以蚂蚁的生命，也最是顽强。我怀疑地震火灾来了，它们也不惧怕，因为它们会比人类提前预知这些重大的灾难。这样一想，倒是我们人类，看似体积庞大，却最是渺小可怜。

蚂蚁大约也是乡下最勤劳的生命，除了睡觉，它们大部分时间都在奔走。有时候它们还会爬到一朵花上去，不知是不是嗅到了芬芳的甜味，想要学习蜜蜂，将汁液收集到窝巢里。它们站在一朵飘逸的花朵的中心，或者一株大树高高的树梢上，向下俯视人类的时候，会不会笑出来呢？觉得这样美好的风景，人类竟然欣赏不到。那时候的乡下，瓜果飘香，炊烟袅袅，大地笼罩在成熟的光泽里，熠熠生辉。这片土地，在那一刻，是属于蚂蚁的。尽管蚂蚁的寿命，相比起人类，短得多；可是，它们有强大的繁殖能力，人搬迁走了，它们却可以世世代代居住在同一棵大树下，很多很多年，都不会离去。

我常常趴在一棵大树下，看很长时间的蚂蚁，都不觉得厌倦。蚂蚁和人一样，高矮胖瘦、漂亮丑陋都有。所以我想它们中间也有嫉妒和嘲笑，可是不管怎样，它们都不会离开群体单独生活。一只离群的蚂蚁，最多活不过七天便死掉了。它们依恋窝巢，就像人类依恋家园一样。它们为这个窝巢运送源源不断的粮食、肉类，却很少会想到，将来这些食物，自己能吃到多少，更不会在运送过程中先行偷吃掉一半。有时候一只蚂蚁忽然间被沾染了什么味道，让合作的另外一只蚂蚁，误认为它是另外一个部落里来的，或者原本它们就不是一个家族里的，两只蚂蚁会当场扭打在一起。别的蚂蚁可能会来帮忙，也可能只是两只蚂蚁单枪匹马地打斗，完了各自回巢，搬运救兵，或者自此忘记，继续营生。

但很少会见到体形硕大的蚂蚁，欺侮身材弱小的蚂蚁。有的蚂蚁像花生米一样大，有的则和芝麻一样小。我猜测那些身强体壮的蚂蚁，就是自然课上老师说的蚁王或者蚁后。有翅膀的当然是蚁王，它们在长成后会四处飞翔，像人类一样，寻找家族以外的合适的爱人结婚生子，并在完成繁殖任务后迅速地死去。而具有强大生殖能力的蚁后，则可能存活更久。这样想来，蚂蚁大概算是母系氏族社会了吧。那个负责生育的蚁后，像乡下的女人们，掌管着这个家族或者王国的财政大权，并分配给仆人一样辛勤的工蚁任务，让所有的蚂蚁都各得其所，各司其职。想想能够让成千上万只蚂蚁，秩序井然地进行收集食物、保护家园、喂养幼蚁、建造巢穴的工作，那非得有很好的头脑才行。所以这只威严的蚁后，比村子里的女人们厉害多了。而我们小孩子呢，没有钱，也没有其他的地方可去，又能怎么办呢？于是只能一天天在母亲的呵斥中长大，放学后迫不得已去打猪草、摘棉花，或者拾麦子。如果我们像工蚁们那样，只负责上学或者玩乐一项，那该多好！

所以我趴在地上看蚂蚁，常常幻想自己成为其中的一只，每天只需外出寻找食物，而后召集兄弟姐妹们拉回巢穴就可以了。乡下那么大，食物又那么丰富充裕，随便走上一会，就可以收获满满的荤的素的食物。一粒饱满的麦子、一只半死的蝗虫、一截断掉的蚯蚓、一块香甜的地瓜、一枚芬芳的野果、一口新鲜的香瓜，都是上好的食物。这些任务，比上学读书轻松多了，啊，简直是坐地就可以生财的幸福活计！等到了冬天，大雪覆盖了整个村子，人还要辛苦地砍柴、烧火做饭、剥玉米、编筐，或者踏着积雪、吸溜着永远擦不干净的鼻涕上学，挨老师教鞭的敲打，可是蚂蚁就可以不用讨好任何人，只需在温暖的巢穴里，每天吃吃睡睡就好了。偶尔，它们也会起来活动活动筋骨，串串门子，照看一下正在长大的幼蚁。

我们女孩子能从蚂蚁身上获得乐趣。比如用樟脑球在它们面前画一道线，看它们晕头转向，不知朝何处爬行的时候，再笑着将线擦掉，或者小心翼翼地捏起蚂蚁，放到远离樟脑味的地方去。再或拿一小块馒头，丢给它们，看它们累得满头大汗地朝窝里拉去。有时也会放进罐头瓶子里，好生拿吃的养着，养腻了再放它们回去。也有时看它们半天找不到食物，会好心地捉一只大青虫来丢给它们，隔段时间再去看，那青虫已经只剩下空空的架子在风里了。浪漫一些的女孩，还会捉几只蚂蚁放到蒲公英上，而后一口气吹出去，看它们能跟着飞多远。那蚂蚁当然是摔不死的，只是仓皇地借助气味，寻找原路，返回家园罢了。

不过乡下可以玩乐的东西太多了，随便一只蛐蛐啊、瓢虫啊、屎壳郎啊、知了啊，都可以让我们快乐上许久，所以像蚂蚁这样多得不计其数的小昆虫，是不会被太过珍惜的，大抵玩上片刻，也就腻了，于是便重新去寻找新的乐趣。而一只又一只蚂蚁，也就这样隐匿在永远不会消亡似的蚁群里，安全地、自得其乐地在乡下土地上活着。

我们忽略掉蚂蚁，蚂蚁也忽略掉人类的伤害，于是彼此相安无事地一起居住在乡间。也只有在春天的时候，看到一只在还有些料峭的风里，探头探脑出来觅食的蚂蚁，小孩子们会忽然间欢呼起来，朝大人们喊：快看，蚂蚁出来了！于是大人们也弯腰看上片刻，而后点头，自言自语道：天暖和了，不会再冷了。那时候的大人和孩子，都会被这样一个小小的生命打动，并不会想起平日里拿它们取乐的种种，只注视着这孤独的一只蚂蚁，爬过冷硬的泥土，消失在一片乱草丛中。

有时候它们也会在人的房间里筑巢，比如床底下、柜子后面、砖缝隙里。也不知它们哪儿来的力气，可以冲破这些坚硬的阻碍，将细细的泥土运到地面上来，自己则躲在这没有风雨的房间里，依靠人吃剩的残羹冷炙，维持着整个蚁群的生命。扫地时看到了，人骂一句，一笤帚过去，便端了它们的老巢。但过不许久，那里又重新恢复了平静，照例有蚂蚁进进出出，和人一样，为了家族的一日三餐而忙碌不休。

乡下的人也便习惯了房间里有一两个蚂蚁窝的生活，不会像城里人那样大惊小怪，要动用灭虫剂将它们消灭干净。而我们小孩子，蹲在地上吃饭，还会故意丢一根面条，看蚂蚁们怎么将这上好的食物，齐心协力地搬回巢穴里去。这时候的蚂蚁，就成了饭间的小乐趣，好像电视里正上演的精彩的电视剧，一定要追着看到有了结局，才会罢休。

看一只蚂蚁，大约跟看一会天空一样，是乡下人永远不会厌倦的习惯。因为天空一直都在那里，比人类更长久地存在下去；而蚂蚁们呢，也地老天荒般地在大地上奔来走去，没有休止，也永无绝灭。

金蝉

在方言里，我们习惯叫金蝉为"节了龟"，它们好像天生就是为了充当乡下人的美食活着的，而不是像法布尔的《蝉》里所写，冲破漫长的黑暗，为了一个月美好的爱情及繁衍歌唱。我们可不会让它们冲破黑暗后，就顺顺当当地爬到树上去一展歌喉，我们有的是办法对它们围追堵截。乡下的节了龟呢，也乐意玩这种堵截与反堵截的游戏。于是天一黑下来，夏天的热气还没有褪去，我们与节了龟的战争就开始了。

但凡树多的地方，节了龟也一定多，因为它们需要有这样一程向上攀爬的时光，来助力自己的蜕变。村子里当然是绿树环绕，除了大道两边挺拔的白杨，节了龟最爱爬的就是粗壮的梧桐了。村子里有一片茂密的梧桐树林，每天晚上，树林里到处是星星点点手电筒的亮光。男女老少在喝完咸糊豆粥后，老鼠一样出了洞，一半算是散步消食，一半是摸节了龟挣点零花钱。一个节了龟可以卖五分钱，据外面的专家说，其营养价值可以抵两个鸡蛋，所以即便为了补营养，也要摸黑走这一晚。梧桐树很粗，两个人都抱不过来，于是绕树走上一圈，我们常常可以摸到十几个节了龟。它们正拼命地朝树上爬着，那些懒惰的、爬得慢的、试图在中途就蜕壳飞翔的，基本上就被人摸进了罐子里，当晚便进了收购站的大铁盆，并在第二天还没有来得及蜕变之前，进了城市的饭馆。被丢进罐头瓶子里的节了龟，彼此挤压，拼命地扒着光滑的瓶壁，试图逃出这逼仄的空间；可是没用，摸节了龟的人，早已给它们备了半罐头瓶的水，它们既无法攀爬，也不能蜕变，即便蜕变了，湿漉漉的翅膀，是无论如何也无法飞出去的。

常常两个摸节了龟的人，围着一棵高大粗壮的梧桐树，转上一圈，砰一声撞了脑袋。两个人头也不抬，就知道对方是谁，问一句"摸了多少个了"，或者问也不问，直接手电筒一照对方的罐头瓶子，就羡慕嫉妒恨地继续作战去了。小孩子们够不着爬到树干上去的节了龟，便拿些小树棍，跷起脚来一扒拉，高高在上的节了龟就啪一声掉进了草丛里。如果不及时寻找，它们肯定会趁机溜走，或者被另外一个路过的人捡了便宜。于是小孩子紧张地拿手电筒朝乱草堆里一通猛照，土褐色的节了龟大概也觉得紧张，隐匿在一片枯叶上，一时不敢在灯光里乱动，只等灯光滑过，才嗖嗖地朝最近的一棵大树爬去。当然也有可能，节了龟像被孙悟空定住了似的，再也无法动弹，直接匍匐在一片枯萎的树叶上，开始了它的蜕变。蜕变想来是很艰难的，尽管整个过程只有一个多小时，可是它要赶在我们捕捉和太阳升高之前，将自己从壳里蜕出来，而且，柔弱的翅膀还要晾干了，足够坚硬了，才能嗖一声飞离树干，奔向万叶丛中。

我们当然不会让节了龟那么容易地就飞上枝头，手电筒的光扫过，犹如战场上的寒光一闪，尽管节了龟还不会发出叫声，可是想象中，一定有人仰马翻的厮杀。夜晚的地面上，也有数不清的节了龟，从洞穴里探出小小的脑袋来，刺探军情。不过不管如何危险，这一天只要来临，节了龟就永远不会退缩。甚至当我们小孩子用水倒入洞穴里，它们会更迅速地爬上来试图逃走，结局当然是百分百被守候在洞口的人捉个正着。这场围追堵截战，一晚要发生成百上千次。如果它们还不肯出来，我们就直接将一根手指伸到洞里去，智商不高的节了龟以为是可以攀附的树枝，轻而易举就爬上去，被人给拽了出来。我们的村子里，到底住着多少节了龟？它们中又有多少，千军万马闯独木桥似的踏着别人的尸体，闯过了蜕变这一关，并可以放声歌唱呢？谁也说不清楚。只知道夏日的每一天，都有无数的知了在耳畔鸣叫，又有无数知了的黑色尸体，干枯后掉落在地上。而每一棵树干上，也都会有一只节了龟蜕变后的空壳，孤零零地在风里挂着，怀念那个不知道飞往何处的肉身。

如果当天晚上摸的节了龟多，母亲便到收购处直接卖了。

如果太少，只有十几个，不值得跑过去卖，也就留着自己家吃了。我既希望可以摸得很多，挣了钱拿回家买柴米油盐用；又希望母亲手下留情，给我煎了解解馋。当然大多数时候，母亲都会在卖节了龟回来的路上，再顺道摸上几个，给我做明天的营养早餐。怕节了龟不等我吃，就变成知了飞走了，母亲会将它们洗干净后，直接埋在盐罐子里。于是折腾上一会，这些节了龟就被腌得没了力气，更别提蜕变了。当然也有很英雄的，硬撑着到了黎明，并让白嫩的身体从壳里钻出来。但它们的翅膀完全没有机会在阳光晾晒下变得硬朗起来，所以它们挣扎着蜕掉外壳，只会让我在第二天享用的时候，可以吃到更鲜嫩的香喷喷的肉呱嗒。

我最喜欢站在灶间，看母亲烧糊豆粥之前，先挖一小勺猪油放到热锅里，油热之后，再将已经软绵绵的节了龟放进去煎炸。等节了龟煎得两面金黄油亮，脊背上露出黄嫩嫩的酥肉时，就可以装入盘子里吃了。我常常等不及母亲将节了龟盛入盘子里，就从热油锅里捏起一个来，丢进嘴里。舌头被烫得几番颠来倒去，那团肉呱嗒还没有品出什么滋味，便遗憾地滑入了胃里。我和姐姐早在昨晚便数好了节了龟的个数，所以第二天就不会为此打架，我自己的吃完了，眼巴巴地看着碗里剩下的几个，被姐姐细嚼慢咽吃着，好不后悔没有慢慢品味，想着如果将节了龟搭配干馒头吃，最好了；若将煎饼铺开来，把节了龟卷进去，肉香与面香糅合在一起，更是别有一番滋味吧。

吃完节了龟，更有精神头去摸新的了。有时候大白天的，我沿着树走路，也会习惯性地低着头，看路边沟渠里那些让人着迷的小洞。已经打开的拇指粗的洞口，当然早就没有了节了龟，只有那些掩映在树叶丛里的比绿豆大不了多少的洞，才会藏有"珍宝"。有时候为了骗人玩，我们小孩子还会用树叶抠一个小洞，覆在节了龟的大洞上，而后在树叶上铺上厚厚一层土，让迷人的小洞看上去更加自然，然后骗某个差不多会上当的人来，让他无意中发现这个小洞，并惊讶地喊叫着，唤人来看他发现的新大陆。直到他抠出叶子来，才明白上了当，一脸懊恼地看着哈哈大笑的我们，嘟囔着离去。

不过有些小洞抠开来，里面住着的并不是节了龟，而是让人惊悚的蛇。伸手进洞穴的那个人，常常一声尖叫，吓得屁滚尿流，并喊着人来救命。也会有胆子大的，完全不怕，放一小树棍进去，诱蛇出洞，并看它扭着身体，逃进乱树丛里去。那最先摸到小蛇软绵绵身体的人，惊魂未定，远远站着问，蛇跑了没？得知真的走了，才战战兢兢过来，斜眼看向那个无限宽和深延展开去的蛇洞。

白天摸到的节了龟，就放到水里，等到晚上才拿去卖。有时候我也会随便找一块地，像刮彩票一样，用锄头认真地刮开地皮。如果运气好，常常一锄头挖下去，会有好多个节了龟的窝。我怕将节了龟的脑袋给不小心铲掉了，会在洞的周围细心地挖着土，直到那洞壁薄得可以一抠到底，够得着瑟缩在最下面无处可逃的节了龟。这种方法挖出来的节了龟，一般都还没有完全长大，有时个头会比较小，甚至还会出现身体发白的幼虫。有一次跟着父亲挖土堆，厚厚的土堆下面，竟然现出蚂蚁一样细小的白色节了龟幼虫来，它们的身体白得近乎透明，里面的五脏六腑都能看得非常清楚。它们密密麻麻地挤在一起，这让我像发现一个庞大的蚂蚁王国一样震惊。只是，它们比蚂蚁有更漫长的成长期，大约要历经几年的时间，才能成熟到自己挖一个洞穴，并破土而出，再历经惊心动魄的一个反捕捉的夜晚，才可以在第二天蜕变后，振翅飞上高高的枝头，开始一个月的爱情的歌唱。

　　并不是所有的节了龟在变成知了飞上树梢后，都能够放声歌唱。只有那些小腹上有歌唱工具的雄性知了，才会卖力地以"同一首歌"的单调曲声，向被我们土话称作"哑巴"的雌性知了献媚。不知这个世界上，有没有在短暂的一个月里，都没有用歌声换来爱情的知了？如果有，那么长达几年的地下黑暗时光，将是多么悲伤。尽管所有成功换来爱情的雄性知了，最终的结局也不过是完成交配，等伴侣将幼卵产在树上之后，便双双死去。但终归抵达了生命的高潮，不枉来世走这一遭。

小孩子们丝毫不懂知了为什么每日乏味地叫啊叫，大人们也大约是不懂的，否则他们在午休时，听到窗外一声高似一声的鸣叫，不会骂一声娘，翻一个身，用床单捂上耳朵，继续汗涔涔地昏睡。所以大人们才会用竹竿做一个知了网，鼓动我们去捕捉那些烦人的知了。

尽管嘴巴聒噪，但知了其实还是很灵敏的。只要我们的粘子一靠近树干，它们似乎就捕捉到了危险的气息，立刻张开翅膀飞走了。当然也有笨拙的，大约只顾着诱惑雌性，对一步步逼近的危险丝毫没有感觉。于是扬扬得意间，便进了人的圈套。知了身体已经老了，没有了食用价值，但它们照样会给我们带来很多快乐。有时候被捉住的知了会不停地扑打着翅膀，扇出来的小风，可以媲美风扇。有时候我们会打开它们腹部的"音乐盒"，看看究竟是怎么产生共鸣，发出响亮声音的。还有时候，我们将知了放在罐头瓶子里养着，哪天养得烦了，就毫不留情地将翅膀掐掉，随手扔给院子里的鸡享用。

上课的时候，我们还会将来的路上逮着的知了，放在文具盒里。如果是个"哑巴"还好，要是一个求爱中的家伙，一声声鸣叫，肯定会让老师扔出去放生。也有大胆的男生，趁着老师在黑板上抄写讲义的工夫，将知了放在老师的背上。那知了就在宽广的脊背上爬啊爬，直爬得我们笑得肚子岔了气，老师猛一回头，看见我们不怀好意的笑，一本正经地发脾气，却始终不知道我们的笑到底来自哪儿。除非那知了爬到了他的脖颈上，他浑身起了鸡皮疙瘩，"啊"一声大叫，把知了抖到地上去，并在看到它仓皇逃窜的那一刻，将黑板擦重重地摔到前排同学的课桌上。

有的学生常常将自己家摸的节了龟，在放学的时候送给老师。老师也不推让，看一眼罐头瓶子里塞塞窣窣爬着的节了龟，笑眯眯道：一个个长得还真肥嘞，晚上写完了作业，再多摸一点去，让你娘煎了给你吃。那学生不啻得了"三好学生"奖状般，心满意足地回了家。

我的同学王向东是最会享受的，他既不自己辛苦地去摸节了龟，更不会摸了送给老师们，他手头有钱，活得跟个阔绰公子哥似的，竟然在课间的时候，收购周围同学摸的节了龟。

我们的校园里，除了一排五间教室和两个办公室，便植满了粗壮的梧桐树和杨树。一到雨天，学生们便都走出教室，蹚着水摸节了龟，不管是一个还是两个，我们随手就到王向东那里卖掉。别人收 5 分钱一个，他收 1 毛钱一个；有时候他不在，我们就直接到旁边传达室里找他的爷爷奶奶，他们在那里看护学校，当然也就随手可以将节了龟变成焦黄酥嫩的美食，给王向东吃。

一整个夏天，王向东得吃下多少节了龟呢？我不知道，但十分羡慕他奢侈的公子哥生活。直到有一天，他老娘知道了这一秘密，在上自习的时候，将他从教室里揪出来。吃了那么多节了龟的王向东，当然轻易地就挣脱了他老娘的"铁砂掌"，沿着偌大的校园飞跑起来。他老娘也不是盖的，两个人不相上下，在校园里展开了一场"越野比赛"。整个校园都因此沸腾起来，大家自习也不上了，全跑出来追着看王向东和他老娘的这场"战争"，听王向东跟他老娘边跑边争辩着自己没有收购多少节了龟，他老娘嘴里也胡乱骂着，恨不能将这不成器的儿子当作节了龟，给一口生吞下去！

那时知了已经快要"下桥"（过季）了，树上知了的鸣叫声，还没有整个校园里兴奋的喊叫声响亮。我一边幸灾乐祸地欣赏着这场有趣的"马拉松"，一边在一声声沙哑的知了鸣叫声中，生出一些惆怅，想着我还没有靠公子哥王向东攒下多少可以买漂亮铅笔、橡皮的零花钱，这个食物和钞票都丰裕阔绰的夏天，就过去了。

第四章

人情

日头开始毒辣起来，整个村庄都沉寂在无边无沿的午休里，就连知了也隐匿了嘶鸣。我低着头，看着自己的影子，在地上缓慢地移动。车轮在坑坑洼洼的大道上，吱呀吱呀地响着。也只有这枯燥单调的声音，背来陪伴我和父亲。我们这样走了有多久呢，我也不知道。我只是觉得，这个小小的村庄，忽然间变得那么那么大，大到像洪荒宇宙一样，将我们一瞬间吞没，连悲伤，都来不及。

修鞋的

瘦叔每天都雷打不动地出现在镇上，好像他是村里人羡慕的吃"皇粮"的。瘦叔当然没本事月月拿工资，但他坐在镇上最繁华的香椿街上，给人轧着鞋帮的时候，一点也不气短。不管怎样，每天都有现钱挣，可比土里刨食的人强多了。况且，人家瘦叔一点也没耽误田里活计，几亩地的收成，丝毫不比谁家少几麻袋。所以这算是瘦叔开辟的第二职业吧。他每天挣的那些钱，也因此被村里人眼红，称之为"酸钱儿"。到底是挣钱的人肩膀酸，或者牙齿酸，还是眼红的人心里酸呢，我也不太清楚，反正母亲一跟父亲吵架的时候，就拿瘦叔能挣俩"酸钱儿"做例子，每每都将父亲刺激得眼珠子发红，跟发疯的牛一样；甚至有一次他还为此离家出走，但回来的时候，到底还是像母亲说的那样没出息，一分"酸钱儿"也没挣回。

所以瘦叔坐在马扎上，等着十里八乡的人借赶集的日子来找他修鞋的时候，是颇有吃上了国库粮的骄傲的。可不是，谁让瘦叔跟身后小卖铺的胖女人关系处得好，因此他的摊位，恰好可以摆在人家支起的窗户下。而且那厚实的木窗，春天挡雨，夏天遮阳，冬天防雪，秋天的风来了，瘦叔还可以进小卖铺里避上一避。当然，每天收工的时候，瘦叔修鞋的所有家什，也一并交给小卖铺保管。比起那些每天哼哧哼哧拉着一平板车瓜果桃梨到集市上，大太阳底下站一整天的小商贩，骑着自行车轻松赶集的瘦叔，可真是享福。所以他给人修鞋的时候，总是吹着口哨，歌曲还都是颇流行的，比如《年轻的朋友来相会》或者《请到天涯海角来》。坐在小马扎上等鞋子的人，常常听得入了神，就连补鞋机在鞋帮上轧线时发出的轻微的嗒嗒声，也充满了美妙的节奏感，好像在给瘦叔的哨声伴奏似的。那线可比乡下纳鞋底用的麻绳还结实，鞋帮上来回轧两趟，怕是穿到死，也断不了。

小卖铺的女人听到哨声，就从窗户里探出白胖的脑袋来，也不言语，用手托了腮，只笑嘻嘻地听着。她大约想起了没有出嫁之前，在娘家做姑娘的好时光了。她的眼睛里还浮起一层朦胧的白雾，那雾是秋天黄昏里的，有些凉，沾在衣服上，湿漉漉的。女人被这雾气牵引得更远了一些，大约她还想起了邻村某个偷偷喜欢过的男人，那男人偶尔在集市上会碰到，三四个孩子，热闹地挂在自行车上，好像一笼吵嚷的鸡鸭。想到这些，她发了福的圆脸盘上，就现出一抹月亮一样柔和的微笑。

常来赶集的人，看到胖女人一脸的潮红，便笑着调侃瘦叔：你的口哨再吹下去，怕是把一个集市女人们的魂魄都招来了，小心家里的媳妇找你算账。瘦叔从来都不生气，他好脾气得就像不知道这个世上还有发脾气这回事一样；不像胖女人的男人，整条香椿街上的人，不管是这人正眯眼晒着太阳，还是急匆匆地赶集买几尺花布，或者蹲在地上挑拣土豆白菜，都能听到他对老婆孩子的怒吼。那吼叫声会让人想到虎啸山林，如果再大一些，瘦叔的修鞋机器，怕都会惊恐地跳到半空里去。胖女人因此常常一脸郁郁寡欢。倒是瘦叔人很幽默，又天生的好脾气，没人来修鞋的空当，就仰头跟窗户里的胖女人说些我们村里的趣事。胖女人一边给人称着红糖或者瓜子，一边津津有味地听瘦叔聊天。她并不多话，不知是怕人说她轻浮，还是担心有人嚼舌根，给她家男人吹耳旁风，大半夜地将瘦叔的家什全扔到街上去。不过瘦叔无论跟谁，都能聊到一起去。就连胖女人的男人，也跟他称兄道弟。有一天，男人甚至还从自家的散酒瓮里，打出二两来，就着一小碟花生米，跟闲晒太阳的瘦叔喝了起来。瘦叔并不客气，在裤腿上蹭蹭刚给人擦过鞋油的手，拈起一粒来，抛向半空，又像一尾蛇一样，灵巧地伸出舌尖，接住了那粒沐浴过阳光的花生米。男人看了哈哈大笑，说：你媳妇一定很厉害吧。瘦叔也笑：跟你家一样，都是狼和小羊的组合，不过呢，你家有头母羊，我家则是头公羊。说完他又将手放到脑袋上，"咩"地发出一声欢快的羊叫声，直引得男人家还穿开裆裤的小女儿，仰头咯咯笑个不停。

可是每天傍晚，瘦叔送走了最后一个顾客，将家什交给胖女人保管，而后轻松地吹着口哨，骑上自行车，驶入回家的那条柏油路的时候，他的耳朵里，胖婶的吼叫声就开始震耳欲聋地响起。那吼声与哨声混合在一起，组成非常奇怪的大合唱，让向来乐观的瘦叔，也跟着有些神经过敏。

瘦叔当初到底看中了胖婶什么优点呢？村里人都说不出来。有人嘴贱，便说：还有什么优点，不是胖婶长得胖，就是嘴巴毒呗！卖猪肉的都知道胖了压秤，人家瘦叔在集上挣"酸钱儿"，更是知斤知两。围观的人听了便嗤嗤地笑，好像看见200斤的胖婶，稳稳地朝着100斤的瘦叔压将下来。怪不得自从结了婚，瘦叔变得越发地温顺了，他哪是被驯服的野兽，分明是被母狼吓破了胆的家禽。瘦叔不抽烟也不喝酒，没有什么不良嗜好，全靠每天从集市上回来，胖婶威风凛凛地对他搜身，培育而成。当然了，漫长的冬天里，瘦叔每晚都喜欢"摸两圈"，但有几个人打扑克能赢得过瘦叔呢？所以胖婶简直有旺夫运，只要她在牌桌前一站，瘦叔都不敢不拼了命地去赢钱，其他男人们呢，也被胖婶给吓住了，所以一出手，总是哆嗦着，将好运全交付给瘦叔。

飞　鸟
与　河　流

胖婶连生了两个闺女，大的叫艳玲，小的叫焕梅，总之都是无须力气就随便安插的乡土名字。胖婶因此觉得底气不足，一咬牙将焕梅送了人。送的当然是本家打光棍的大哥，当初说好了让焕梅给他养老。不过村里人的嘴，拿钱也堵不住。焕梅稍微一懂事，就知道了自己亲生爹妈是瘦叔胖婶，于是顺着杆子噌噌往上爬，胖婶打也打不走。无奈之下，胖婶又开始酝酿第三个孩子，这一个恰赶上计划生育，瘦叔跟胖婶连躲带逃，总算让儿子长坤顺利降生。

那一阵，瘦叔在集市的修鞋生意，暂时歇了业。小卖铺的胖女人联系不上他，便总是一脸的惆怅，生意也做得不温不火，好像日子一下子缺了盐，没有滋味起来。来买货的人们也不长眼色，每次来，看见角落里的修鞋机，便总是提醒胖女人：五哥有一阵不来了啊！胖女人数着钱，却有些走神，被人一打岔，更忘了钱数，于是一边胡乱应着"是啊是啊"，一边重新将油渍麻花的毛票再数一遍。等人走了，胖女人眼睛里又像过去听瘦叔吹哨一样，浮起一层朦胧的雾。胖女人于是探出头去，看着窗户下瘦叔的马扎天长地久压出来的印痕，又朝那条通向我们村的柏油路，深沉地看上一会，这才回转过身来，拿起鸡毛掸子，将修鞋机上的灰尘掸了又掸。其实她天天打扫，上面已经没有灰尘了，但这成了她的习惯，这习惯比瘦叔每天按时上班的时候还要坚持。瘦叔人爱干净，脸面白，衣服也整洁，补鞋的一切用具都是洁净的，所以每天收工的时候，他都要将家什擦拭一遍，才肯放进胖女人的小卖铺里。这自然不需要胖女人帮忙再用鸡毛掸子的，但她隔三岔五地，还是会将瘦叔盛放钉子或者皮具的箱子，用湿抹布给过一遍，好像不经她的手，就觉得心里不舒服一样。因此，瘦叔的家什从来没有沾染上千百个人的鞋子里的怪味，以至于爱无事找碴的胖女人的丈夫，也从未觉得拥挤的小卖铺里，因为多了这些家什，而变得碍眼。

那段时间，瘦叔在家里做着母亲口中的好男人。每天母亲都爬到平房上，半是晾晒粮食，半是窥探胖婶院子里的动静。虽然出了满月，又是暖融融的春天，蚂蚁们出来寻找吃食都是懒洋洋的，但是胖婶好像打定了主意，要将月子坐到明年春天，所以满院子里只听得到她将瘦叔指挥得晕头转向的吼叫声，唯独不见她小山一样的身影。鸡鸭牛羊们长久不被胖婶训斥，有些不适应，在院子里飞奔或者散步的时候，闲散的步子里，都带着点忽然间被"放了羊"的犹豫和不安。儿子长坤的哭声承继了胖婶，我在院子里站着，听到他或婉转或凄厉的哭喊声，总能想象出瘦叔如何奔跑进卧室，耐心哄劝着这个小祖宗，帮他换洗尿布，擦拭一屁股的屎，又顺便看看锅里给胖婶煮的鸡蛋有没有熟。

长坤是个折磨人的主儿，母亲这样说。胖婶也不省心，父亲接过去说。母亲随即酸溜溜地呛一口父亲：可是人家胖婶比谁都有福，遇到这么好脾气的瘦叔，哪像那些动不动就吼声大得能震塌房顶的男人。父亲听了"哼"一声，不搭理母亲，我却也跟着羡慕起长坤来，想他长到20岁，也一定不知道被亲爹拿棍子抽打屁股的滋味吧？哪像我，因为有个脾气暴躁的爹，遍尝了笤帚、腊条、棍子、碗筷等砸在身上的疼痛。这样一想，我便猫一样悄无声息地爬上平房，坐在边上的水泥台子上，带着一丝醋意和嫉妒，看着瘦叔在院子里马不停蹄地忙碌着。

母亲的心里，也跟我一样失衡起来。她平息嫉妒的方式，是走到大街上，随便跟个什么女人唠一会嗑，当然曲曲折折就拐到了胖婶瘦叔身上。母亲接连帮胖婶接生了两个女儿，长坤是胖婶躲到外村某个角落里生出来的，母亲便有种被开除了"接生婆"位置的失落。于是她嘴上说话也便刻薄，三扯两扯，就将集市上的胖女人给揪了出来。女人们于是恍然大悟，可不是，瘦叔这一歇了业，没"酸钱儿"挣倒是小事，顶多胖婶少吃几个鸡蛋，当减肥罢了，可是，另外一个胖女人因为见不到他，也跟着减了肥，难道他就没有一点心疼？

长坤出了百天后，瘦叔终于开了业。开业那天，瘦叔特意在家门口放了一挂鞭炮，那鞭炮似乎响了很久，好像永不会休止似的炸下去，以至于我捂着的耳朵都有些疼了。村里女人们都听见了这鞭炮声，并跑来庆贺瘦叔双喜临门。女人们都说，看，瘦叔终于摆脱了屎尿的生活，可以去集市上，靠着另外一个胖女人过舒服日子了。瘦叔呢，从来不理会这些闲言碎语，不管遇到谁来庆贺，都会笑笑说：嘻，多一张嘴，再不开市，家里怕是连锅都揭不开了。

瘦叔家当然不会揭不开锅，谁都没瘦叔过得自在。除了田里收入、补鞋"酸钱儿"，还有农闲季节打扑克赢来的小钱，所以他这样哭穷，女人们就不乐意了，纷纷在背后酸不溜丢地戳点他：瞧这瘦爷们，把那点钱财藏着掖着，唯恐村里人抢了去似的。女人们一向只说一半话，另外一半，烂在肚子里发了酵，变成隔夜的一个臭屁放了出去。那臭屁是比说出来的话还刺鼻的。于是村里人闻到了，便都知道瘦叔不露富，是想把钱给谁留着花。这个谁，当然是家庭以外的人。那个集市上的胖女人，也便再一次被村里人嚼了舌根。

赶集的人都说，瘦叔的生意好得很，每次去修鞋的人，都排成了长龙。也有生来好夸张的，说，人们为了找瘦叔修鞋，等得都快尿裤子了，也不舍得离开队伍，怕一回来，位置被别人给抢了。那么，瘦叔挣来的"酸钱儿"，也一定把裤兜塞得满满的，快要冒尖了吧？可是这么多的钱，胖婶照例穿着的确良的旧衬衣，丝毫没有因为生了个儿子，就给自己添置几件新的衣服；而长坤呢，吃个蜜桃罐头，照例要在瘦叔面前三番五次哭闹，连带地上打滚，才能讨要到。所以瘦叔的钱的流向，不能不引人生疑。

女人们便说：瘦叔挣那么多钱，胖婶也该好好捯饬捯饬自己了。胖婶一扭粗短的脖子，哼道：每天翻他衣兜，都是些没出息的毛角票，也不知他一天到晚在集上坐着，是不是都跟人喝大茶了！女人们当然好一番言语安慰，心里却是受用的，她们带着这样一点火花一样闪烁的秘密，快乐地走回自家院子里去，并喊喊喳喳地说给男人听，试图向见多识广、常常赶集的男人们，套取更多的情报。男人们没那么八卦，却也受不住纠缠，只能不耐烦地挥挥手说：谁会闲着没事跟人到集上喝大茶呢？我看瘦叔顶多扭一下屁股，跟身后小卖铺里的胖女人喝一杯吧。

关于瘦叔和胖女人的破棉絮，就是这样揪扯开的。瘦叔和胖婶有没有为此争吵过什么呢？没有人知道。在这件事上，两个人出奇地一致对外。男人们拿瘦叔开涮，说：瘦叔有艳福，家里放着一个白白胖胖的好媳妇，每天修鞋的时候，屁股后面还有一个胖大的女人来作陪。瘦叔就哈哈笑着幽默道：一个就够我受（瘦）得了，要是真有两个，还不把我榨干成一张人皮？女人们假装去逗引长坤，而后对胖婶旁敲侧击：这回有了长坤，你们娘俩可把瘦叔给抓牢了，他就是变成了土行孙，也逃不出你们的手掌心。胖婶慵懒地倚在门框上，吐了一地瓜子皮，才拍拍手道：我们家那口子，有个大缺点，就是对老婆孩子太好了，想让他有个二心，头都不带扭一下的。

男人女人们碰了一鼻子灰，于是很没趣地走开了。可是关起门来，瘦叔跟胖婶的世界大战，肯定是不止爆发了一次的。我站在平房上，常常看到瘦叔的鞋子，嗖一声从堂屋里飞了出来。有时，还有一些女人的鞋子，粉嫩粉嫩的，让人浮想联翩，当然，那都是同村人送来的需要瘦叔拿到集上去修补的鞋子。

后来有一次，他们又吵架，赶上夏天的一场大雨，那些不幸被扔出来的鞋子，便生了气似的，一声不吭地顺着阳沟朝庭院外流去。我于是披了雨衣，拿了棍子，拦截那些形态各异的鞋子。它们有的鞋襻掉下来了，有的鞋跟断裂了，有的鞋帮跟鞋面分了家，总之都是一副可怜兮兮的残兵败将的模样。

我正专心地捡着，瘦叔戴着草帽走了出来。

二妮子心眼真好。瘦叔眯眼笑着对我说。

我不知道是该将这些鞋子按照原有计划据为己有呢，还是在瘦叔的夸赞里，完璧归赵呢？我正犹豫着，胖婶的骂声又一次响起。这次，她骂人的对象，转向了女人们口中念念不忘的胖女人。

瘦叔在骂声中弯下腰去，很认真地提起一只翠绿色的鞋子。他好像想起了什么，注视着那只鞋子，忽然间笑了。他的脸上沾满了的，不知是雨水还是泪水，顺着沟沟壑壑，汩汩流淌下来。

我有些同情瘦叔。我不能将这些鞋子偷回家去，我想。

于是我将鞋子像糖葫芦一样，一个一个挂到木棍上，伸到瘦叔面前。

瘦叔恍如从梦中惊醒，注视着我串起来的鞋子，忽然，他像在集市上那样，欢快地大笑起来。好像，我是那个集市上的胖女人，身体里蕴藏着无限的让他快乐的能量。

我也呵呵傻笑起来。

尽管，胖婶的骂声，再一次响亮地顺着风刮进我的耳朵里来。

那个眼睛里动不动浮起雾气的胖女人，她一定比胖婶好看吧。我这样想。

开小卖铺的

村里有两家小卖铺。一个开在我们家巷子口，是村支书的儿子二祥家的。一个在村西头和村东头的连接处，是茄把家开的。

尽管二祥家的小卖铺里，价格稍贵，货品陈旧，还不齐全，但村里讲的是人情世故，无须他爹在村委会大喇叭上喊，大家也都自觉地隔三岔五去光顾一次，买点烟酒糖茶，照顾照顾他家生意。茄把家上溯八辈都是平民百姓，但他的家族是出了名的热心肠，所以生意一点也不比二祥家差，甚至还要更好一些；因为总有许多人，为了茄把家便宜又新鲜的好货，而躲开二祥的视线，多跑一段路，光顾茄把家的小卖铺。比如我们家，就属于典型的二祥家这"近水楼台不得月"的顾客。

当然，作为邻居，我们还是和气的。况且就隔着一堵墙，每天谁家放个屁，都能闻得到臭味，更别说日常花销上的秘密了。不，乡下人根本就没有什么秘密可言。虽说家家都关起门来过自己的日子，可是隔墙有耳，隔墙更有眼睛。常常二祥家招待亲戚，缺了把椅子或者一叠碗盘，二祥站在一摞砖头上，就朝我们家喊着要借。或者假装去自家平房上翻晒粮食，视线不经意地一斜，便将邻家院子里的一切，都看在了眼里。

所以母亲支使我们兄妹三个去买东西，从来都是像交警一样，用手势来为我们指点"迷津"。如果母亲让我们去茄把家，那么她直接大手朝南一挥，相反，则不耐烦地伸一根指头出来，指向东墙。尽管需要跑远路，但我依然最喜欢去茄把家的小卖铺。那里总是有稀奇古怪的小玩意，可以任我翻检。茄把家的货架，都是敞开的，有些像多年以后的超市。知道没有人偷，很多时候，茄把媳妇忙起来，都是让买东西的人自己挑好了，又过好了秤，甚至将钱放到柜台上，喊一声"走了"，就算完成了交易。不像二祥家的，因为临街的小屋只有茄把家的一半大，便连门也没有，只打开一扇窗户，权作了柜台。像我这样的小孩子，有时候，翘起脚跟来，也看不到货架上的东西，于是只能百无聊赖地等着二祥媳妇慢腾腾地从院子里走进来，再一脸淡淡地问清了我要买什么，这才像个办公室的小职员，例行公事地取东西，收钱找零。

茄把媳妇跟茄把真是天生的一对。茄把憨厚朴实，言语不多，但总是笑眯眯的。茄把媳妇则爽朗大方，快言快语。因此两个人的小卖铺，要么是让人舒适的安静，要么是让人开怀的热闹。茄把的寡言少语是出了名的，据说他吃奶吃到七岁，到了八岁才会说话，在此之前，爱吃茄把的他，只会说一个词，就是"茄把"，也因此，村里人送他"茄把"的外号。大家都以为老实巴交的茄把，大了也没有多少出息，不想祖辈上积下的德，让他娶了一个能说会道但从来不惹人厌烦的好媳妇。大家都喜欢跟茄把媳妇说笑，不管是来买一根针的，还是来打一瓶好酒的，她都一视同仁，既让买针的觉得心里温暖，不因只花费这点小钱还顺便讨了一块糖吃而愧疚；也让买好酒的心里觉得舒坦，好像一瓶酒已经下了肚，而且一定还想再打上一瓶，支持茄把媳妇的生意。所以只要有茄把媳妇在，茄把尽管放心地坐在柜台后，收钱记账就可以了。有欠账的也不怕，放心地记在本子上，等着那人有钱了，自己来还就是了。谁会欠着一个每天菩萨一样笑呵呵的女人的钱呢？况且那菩萨笑里汪着蜜，还喜欢捏一枚有花花绿绿透明糖纸的水果糖，给我们小孩子。有时候那糖是橘子瓣，有时候是高粱饴，偶尔，也有奢侈的大白兔奶糖。母亲给我用来打酱油的钱，剩下的我常常自动据为己有，买成田字格，或者铅笔、橡皮之类的学习用品。茄把媳妇便夸我有上进心，并顺便放我手心里一枚水果糖。我吃了糖，并将红色的塑料糖纸留下来，展平了，夹在刚刚买的田字格里。

我其实还想买很多东西，比如发卡啊、红头绳啊、铅笔盒啊，等等，无奈零钱不多，也不好给父母交代，只能恋恋不舍地在小卖铺里逛上一圈，将看了好多遍的货架，含情脉脉地用视线再抚摸一遍，这才转身出门。然后还没走几步，茄把媳妇就追上来，笑眯眯地将我唤住：傻丫头，酱油忘了！我总是带着一点羞涩回过头去，从茄把媳妇手里接过那瓶有她体温的酱油。我想她一定不知道，有时候，我是故意将一瓶酱油或者一瓶醋忘到柜台上的。因为，她叫我"傻丫头"的时候是多么温柔啊！要知道，还从没有人称呼过我"傻丫头"呢，我的父母总是凶巴巴地对我直呼其名，他们更不会像茄把媳妇那样，拍拍我的肩膀，摸摸我的脑袋，或者捏捏我的脸蛋，好像我是赖在她怀里撒娇的小猫。每当这样的时刻，我就像一块阳光下的糖，心里满满都是融化的甜蜜。我甚至还想，如果我能够生在茄把家就好了，不为小卖铺里琳琅满目的商品，就为茄把媳妇的温柔，也是值得的呀！啊，我觉得我快要爱上茄把媳妇了。

二祥媳妇可不是这样的。她的下嘴唇总是朝下耷拉着，好像有一个秤砣，在那里永久地坠着。这让她看上去，不管什么时候都似乎在生气。比如我麻烦正在洗衣服的她，从院子里跑到小卖铺来，只为了买一块橡皮或者一粒纽扣，我就觉得她的下唇，被那无形的秤砣，又给坠长了几厘米。如果是夏天里打一瓶醋呢，醋瓶子里欢快游动的白色的蛆，也会多上几条。而给父亲买的酒里，则会多掺上一些水。不过这样也好，至少父亲不会喝醉了，看我不顺眼，给我一个巴掌，或者抽我一笤帚疙瘩。

有时候，二祥媳妇不朝买东西的人发作，扭头走回院子里，跟二祥拌嘴，让二祥知道今天生意不好，村里有人欺负她这外乡人了。是的，二祥媳妇还是年轻的小媳妇，娘家在相邻的某个镇上，据说家境富裕，嫁给村支书的儿子，也算是门当户对。所以二祥媳妇骂起二祥来，就骂得理直气壮，一点都不怵他。而且每次吵架，一定会提及这小卖铺的成本，可有一半是来自她娘家的陪嫁。尽管二祥的父亲只是个村官，但说起来，可管着几百号人呢，只要他爸这村支书一直当下去，他们家小卖铺的生意就差不到哪儿去。但二祥媳妇依旧不买账，因为人家茄把两口子，可都是平民老百姓，白手起家，怎么就生意红红火火，将原本属于他们家的买卖，给抢去了大半？

同行是冤家，所以二祥媳妇见了茄把媳妇，就爱搭不理的样子，听见茄把媳妇朝她问好，只鼻子里哼哼一声，算是打了招呼。茄把媳妇从来不介意，下次照例爽朗地笑着走上前去，夸二祥媳妇又精神了。二祥媳妇厚厚的嘴唇外翻着，代替了她的白眼，翻出一片不屑来。

去茄把家买东西的女人们，因此倚在柜台上闲言碎语：以后别理二祥家的，看她那副德行，跟个骄傲的小公鸡似的，不就仗着自己公公是村支书吗，等她家老头子一退下去，看谁还当她是个人！

也有撇嘴说二祥媳妇小气抠门的：知道不，一分钱，啊不，半分钱她都揣自己衣兜里，不给任何人，就连二祥吸烟，她也得记账。

男人们跟着起哄：还是记账好，万一被二祥偷去，孝敬了某个风骚的娘们，你们所有女人都得跟着被二祥媳妇骂。

只有茄把媳妇，什么也不说，只笑眯眯地一边听别人闲谈，一边将架上的货物摆放整齐，又顺便给某个聊天聊得忘了回家的女人续上一杯茶水。还有小孩子，从柜台下的洞口里钻过去，好奇地看着货架，她也不轰不赶，任那孩子看够了，再老鼠一样从洞里钻出去。当然，茄把媳妇总能准确地捕捉到小孩子的视线，有没有在一粒糖上留恋过片刻，并因瞬间的光亮，微笑着将那粒闪闪发光的糖块送出去。

因此男人女人老人孩子，都喜欢去茄把家的小卖铺里买东西，或者什么也不买，就进去唠两句，问问物价的升降，看谁家又来打了一斤好酒，谁家又缺了柴米油盐，谁家来了客人，要赊账买一些好菜肴，于是不用刻意打听，村子里人家的吃喝拉撒，便都了如指掌。如果八卦一些，趁茄把媳妇不注意，看一眼账本上记的赊账的人家，就连谁家的收入支出，也一起算清楚了。当然，大多数时候，女人们没有这么惹人厌烦地偷看茄把家的账本，而是闲闲嗑着瓜子，有一句没一句地扯着家常，眉眼再机灵点，也就将别人家的隐私尽收了眼底。

　　茄把媳妇家的人气，就是这样一点一点积聚起来的。以至于茄把媳妇好像某个沙龙里的女主人，不动声色，不言不语，却让每个人都觉得聚在这里是舒适的，轻松的。女人们最爱扎堆凑热闹，聊完了，顺便买点东西回家，是再正常不过的事；茄把家的生意比二祥家的好，也同样是很正常的事。

　　不过二祥媳妇从来不认为生意好坏跟女主人有什么关系，她只会千方百计挑二祥的刺，今天抱怨他进的货不好，明天指责他卖的东西太便宜，后天又教训他不懂斤斤计较做生意。二祥被她骂烦了，就甩出一句：你也学学人家茄把媳妇，看她什么时候跟你这样惹人烦过？你看村里哪个女人不喜欢去茄把家小卖铺门口凑热闹，还不是人家媳妇会笼络人？

　　二祥媳妇听了一准像被捅了的马蜂窝，立刻炸了起来，一盆子洗脚水泼过去，二祥就成了落汤鸡。此时的二祥不跟她瞎叨叨，像一头气势汹汹的公鸡，抖一抖身上的洗脚水，砰一声将大铁门关在了身后。毫无疑问，他当然是找人打牌发泄愤恨去了。他知道媳妇是最心疼他打牌输钱的，他偏偏要朝她厌恶的方向奔去，最好让她这口沸腾的油锅直接掀翻了事。

不过二祥也不是一无是处，他还是有让媳妇得意的地方的，比如摸（捉）蛐蛐，他就比别人厉害，茄把也赶不上。所以一到七八月份的时候，二祥媳妇的腰就挺得格外直，厚嘴唇也好像被一根绳子朝上拽了一些，耷拉得不那么难看了。大早晨的，人家还在被窝里呢，她就将小卖铺临街的大窗户撑开了，涂了脂，抹了粉，香喷喷地坐在柜台后面，朝着每一个路过的或者来买东西的人，微微扬起唇角。

于是路过的人自行车也不下，两腿跨在大梁上，冲二祥媳妇喊：二祥今天摸着大的没？

二祥媳妇假装淡定地一笑：也没多大，一般吧。

那人又喊：那今天你们家小卖铺里的下酒菜肴，估计都得留给二祥了！

二祥媳妇嘴一撇，摆出一副不屑一顾的样子来：哪有他的份，他啊，估计这会早就在集上吃香的喝辣的呢，这些好饭菜，还是留给村里其他爷们儿吧。

也有纯粹来闲聊打探蛐蛐生意的女人，并不进门，只将半个脑袋探进木窗户里，假装拉家常，却将话题兜兜转转引向二祥昨晚摸的大蛐蛐上去。二祥媳妇也不再厌烦女人们不买东西却占着地方了，她会像外交部发言人答记者问一样，一本正经地回答女人们所有八卦的问题，当然，答案都是在她心里深思熟虑过的。二祥媳妇是高冷派，很少会跟村里的女人们叨叨家长里短，她要让自己始终在村人尤其是女人们面前，保持一种神秘感。这种神秘感，也是变相的优越感。

她有什么好优越的呢，至于骄傲成那样？看，连眼睛都是斜的！女人们常常这样不屑一顾地窃窃私语。但二祥媳妇不解释，也不像茄把媳妇那样笑呵呵的，对每个人都是春风拂面的温柔。她是不屑解释，谁让她出身"高贵"，又是村支书家的儿媳妇呢。这在乡下，也算是名门闺秀或者嫁入豪门了吧，二祥媳妇这样认为。

也只有这个季节，二祥媳妇在茄把媳妇面前，有绝对胜出的把握。如果二祥没有捉到价值成百上千元的蛐蛐，那么别人更不可能。至于茄把，啊，他天生近视，即便听到叫得好的蛐蛐，黑夜里拿着手电筒，也怕会让那蛐蛐逃脱了去。因为二祥这门"听叫"和准确捕捉蛐蛐的手艺，二祥家的小卖铺总是挤满了人。不管是来打探蛐蛐市场消息的，还是纯粹凑热闹的，临走大家总会捎一些针头线脑的东西回去。况且，来都来了，再拐到茄把家买东西也太远了。于是二祥的好手艺，带动了小卖铺的兴旺，这样红火的生意，也让二祥媳妇更加骄傲端庄，好像她真的坐在了村子第一夫人的位置上。

整个夏天，二祥和二祥媳妇俨然成了光芒四射的沙龙主人一样的人物。大家好像都忘了茄把家的小卖铺。二祥家小卖铺门口的大槐树下，每天坐满了摇着蒲扇谈蛐蛐行情的男女老少。依靠蛐蛐发财的梦想，燃烧激荡着每一个人。

于是女人们再骂自家男人，就换了比拼的对象，她们常常会说：窝囊废一个，也学学人家二祥，一天摸蛐蛐挣的钱，比你这龟孙子一年从地里刨腾出来的还多！

或者，她们指桑骂槐：我哪有人家二祥媳妇命好，生下来就是当老板娘又挣外快的命，我呢，也就守着一堆废物过日子吧！

男人们因此嫉妒起来，每天夜里拿了手电筒蹲在玉米地里摸蛐蛐受累，又闹腾不了几个钱，或者完全就是一晚一晚地白忙活，如此受累也就罢了，偏偏还来了个二祥这样强劲的对手，时刻被家里娘们提来提去，让人好不气恼。

可是又有什么办法呢？男人们只能红着一双天天熬夜的眼，去二祥家小卖铺门口，逛上一圈，听二祥的"新闻发言人"——二祥媳妇，淡定地讲一讲每天的蛐蛐行情，对那些卖出天价的蛐蛐，热情洋溢地赞叹几句，然后就捎一包"大前门"烟，趿拉着拖鞋，心事重重地走回家去。

有时候路过茄把家的小卖铺，看到有男人会跟蹲在门槛上的茄把聊上几句，并给他递一支烟。茄把接过去，并不吸，而是夹在右边的耳朵上。男人于是叹口气，问他：没出去摸蛐蛐？

茄把憨厚地一笑：摸了两天，一分钱没摸到，就算了。

男人又试探着小声问：你家媳妇没唠叨你？

茄把笑着摇摇头：有啥好唠叨的？各人过各人的日子，跟人家比啥？

男人这次没话说了，探头看一眼院子里忙碌的茄把媳妇，然后依旧红着眼，趿拉着拖鞋，叼着半截烟，低头走回家去。

茄把家的院子里，传来拉风箱做饭的声音。茄把媳妇喊：茄把，抱一捆柴火来。

茄把应一声"哦"，转身进了门。

满载着奔向外乡玉米地摸蛐蛐的男人们的拖拉机，又突突突突地，在黄昏的大街上响起来了。

外村媳妇

村子里大多数女人都是外村的。每个外村的女人，嫁到了我们村，都得被同化了的女人，用视线、唾液和手指头给熨烫戳点一遍，一直到她听了话，服了气，不霸道了，才会被女人们笑眯眯地接纳。

比如金玉媳妇吧，长得漂亮，像个城里人，听说还读过书，家境殷实，当初跟金玉好，纯粹是因为金玉长得斯文白净，像个知识分子，或许将来能发达显赫，当个村长、镇长之类的也说不定，最差也能接他爸在镇上棉纺厂的班吧。金玉家当然条件也是不错的，可是跟在家里公主一样被娇宠的金玉媳妇相比，就是高攀了。况且娶进门的时候，金玉家可没少花彩礼钱，礼数一样也不差，全照了最高的标准去办。甚至为了早日成婚，金玉和他爹他娘都跟着媒人跑了好几趟金玉媳妇家，上门说了一马车的好话，又送了好几提包完全不在彩礼范围内的好东西，这才成功让金玉抱得了美人归。

金玉媳妇结婚那天，穿了大红的花棉袄，那料子是绸子的，摸上去滑滑的、凉凉的，好像一尾蛇穿越草丛，发出嘶嘶的响声。金玉媳妇的脸，明显有些不好看，原本是一粒饱满的葵花子，在鞭炮声里，变成了瘪瘪的南瓜子，而且还是空壳的。冬天的太阳是薄而稀的，好像金玉媳妇在来宾面前惨白的一张脸。跟着金玉媳妇"抱鸡"的男孩，丝毫不管大人之间的纠纷，他只一心一意地守着他抱来的那只喜庆的、有着红艳冠子的公鸡，焦急地期盼着金玉家发给他的大红包。那鸡大约也等不及了，被红布捆缚着的双腿不停地挣扎着。我于是好奇，如果这只鸡知道将被宰杀，给金玉和金玉媳妇吃掉，用自己的血肉，把一对原本陌生的新人一生一世地牵绊在一起，会不会觉得特别悲壮？当然，鸡是永远不知人世间烦恼的，它只用偶尔悲愤的一声鸣叫，提醒看新媳妇的热闹的人们，它这只外村来的鸡的存在。它还不合时宜地在男孩干净崭新的球鞋上，拉了一泡屎。男孩蹙一下眉，捡起一个炸掉一半的鞭炮，将那浓郁热烈的鸡屎刮了去。

金玉和金玉媳妇站在红黄相间的高粱秸编织成的漂亮席子上，木偶一样，随着司仪嘹亮高亢的"一拜天地，二拜高堂，夫妻对拜"，拘谨地鞠着躬。两人对拜的时候，金玉将脑袋碰在了媳妇的胸前，满院子看热闹的人都哈哈大笑，有站在墙头上的光棍儿趁机大喊：金玉，轻一点，撞疼了晚上媳妇没法给你暖被窝。站在鞭炮皮中间的金玉立刻红了脸，好像他马上就要钻被窝里去了一样。倒是金玉媳妇，像一个不好伺候的女皇，始终阴沉着一张脸。于是女人们就在人群里戳点她：瞧这新媳妇的德行，好像咱们村欠了她八百吊钱，穿得这么阔气是显摆家里有钱吧？有钱又能咋的，城里男人也永远高攀不上；听说了吧，新媳妇家可着劲儿地挑剔金玉家彩礼掉价、礼节不到，其实是想断了这门亲事，将她嫁到城里吃国库粮去；现在好了，国库粮没吃上，还得跟我们一样，过几天就脱了绸子衣服，扛起锄头下地干活去……

女人们的嘴不会闲着。她们从金玉家找人去提亲，媒人穿了一双破鞋子说起，说到照相的那一天，金玉媳妇家族的某个女人被怠慢了，差一点将镇上的照相馆给砸了；还有呢，去接新娘子的拖拉机路上抛了锚，一车人差一点冻死在冬日黎明前的微光里。不不，这些都不算什么，因为对娘家人招待不周，端了剩饭上桌，金玉媳妇非要金玉给自己家赔不是，金玉被这些漫长无边的婚前礼节折腾坏了，拗脾气上来，就是不从！于是，两个还未正式结婚却早已成为全村新闻人物的年轻人，房门也不关，当着金玉爹娘的面就干了起来。结果，金玉将媳妇脸上的粉弄花了，那脸就一面白一面黑；而媳妇也不示弱，把金玉借来的新衣服抓下了一粒纽扣，那纽扣还咕噜咕噜跑到了床底下，又大约害臊，躲到哪个老鼠洞里，竟是完全不见了踪迹。

所以夫妻对拜的时候，知情的女人们都说，金玉是故意撞在媳妇胸前，报那一纽扣之仇的。那扣眼处为了吉利，金玉娘给系了一个红布条，看上去不像是遮丑，倒像专门设计的一样，这多少让金玉的颜面挽回了一些。无疑，媳妇脸上的粉也是精心补过的。于是一对新人，就这样像被人强行捆绑在一起的待宰的鸡，倒挂在自行车的后架上，一路凄怆地叫着，送进了婚姻的"屠宰场"。

司仪旁边撒糖的助手二蛋早就等不及了，金玉和媳妇拜完天地还没有离开席子呢，就将花花绿绿的水果糖，一扬手全撒进了看热闹的人群里。于是，在大人双腿和屁股间穿梭来去的小孩子们可沾了光，身手矫健地弯腰就抓住了脚下的糖块，并利索地剥开糖纸塞进了嘴里。男人们根本不屑那点糖，因为接下来撒的就是烟了，那烟还是带过滤嘴的高级烟，听说为了撒带不带过滤嘴的烟，金玉和媳妇家也闹了一回别扭，最后还是媳妇家胜出。女人们为了给自家男人抢一根好烟，全拼了命，也顾不上衣衫整洁和大方得体了，有一屁股坐在那根烟上，将之据为己有的；有踩到一头先下脚为强的；有从好欺负的男人那里劈手抢过来的；也有跑到二蛋身边，将还没有撒出去的几根一把抓过来的。院子里闹哄哄的，充斥着女人们的尖叫声，男人们的大笑声，小孩子受惊一样的喊叫声；鞭炮也在这时被院墙外的人点燃了，于是所有声音都在那一刻被压了下去，就连金玉媳妇娘家抱过来的那只大公鸡也被吓住了，竟是拉下一大泡屎，又因为双脚被捆缚住，在惊吓中，一屁股蹲坐在那泡热气腾腾的屎上。

混乱中，金玉和媳妇早就安全撤离了人们的视线，回到婚房里去了。虽然是冬天，但堂屋的门永远大敞着，稀薄的阳光越过门槛，洒在砖铺的地面上。人们走来走去，好像都在操持着金玉的婚事，好像每一个人在这场婚礼中，都有着不可动摇的地位。迎门墙上贴着的大红"囍"字，将每个人的脸映得红通通的，于是男人们像喝醉了酒，女人们犹如重新结了一次婚，心里自然也被撩拨得不安分起来。

整个村子的人，在这一天似乎都汇集到了金玉家小小的院子里，并以家族的名义，送来点份子钱。当然，钱也不是白白送的，带上全家老小将这礼金吃回来，一点问题也没有。因了这一顿比年夜饭还要丰盛的婚宴，全村人都喜气洋洋的，小孩子们嘴里含着糖块，还念叨着要吃肥肉炖粉条。能吃上一大块原汁原味的肥肉，是所有小孩子的梦想。在二八席还没有开始之前，大家已经从金玉的婚房里跑出来，等着开饭了。院子里挤得满满当当的，每个大人的腿上，都坐着一个馋得口水横流的小孩子。在庭院外支起临时灶房赶制佳肴的厨师们，已经在冬天的小风里满头冒汗。不过大厨们并不着急，知道自己是这场宴席的绝对主角，所以越是人来催问，越是气定神闲，不急不躁。就连赶着日子来要饭的乞丐们，也站在旁边候着，有些着急。

这天的乞丐是格外受主人家待见的，他们总会分到一大块肉和一碗肉汤，当然也会有丸子之类的，反正那些好饭，会每一样都拣一点，给乞丐端过去。于是那乞丐就蹲在有太阳又避风的墙根下，大口地吃着肉，呼噜呼噜地喝着汤，喉咙眼里几乎可以听得到热汤发出的吱吱啦啦的响声，让人怀疑会烫熟了嗓子。但那乞丐一点事也没有，喝完了肉汤，还要意犹未尽地将搪瓷缸子舔得干干净净，而后站起来，打着饱嗝，再伸出手去，给人要一个大白馒头，放进搭在肩上的尼龙袋子里，这才心满意足地离去。

估摸着大家已经垫饱了三分肚子，不至于只顾埋头苦吃，不理会新娘子的敬酒了，金玉这才带着媳妇，端着锡酒壶和酒盅，开始一桌一桌地给人敬酒或者点烟。女人和小孩子们向来都是跟男人们分开坐的，很显然她们也是最好伺候的来客，因为能喝酒的女人并不太多，即便能喝一些，也不便当众放开了胆子豪饮，否则真要是醉了，回家非得被男人给骂一顿不可。所以虚让一下，各自用嘴唇轻轻抿上一滴，金玉和媳妇便迅速奔赴了男人的战场。

金玉媳妇被男人们折腾坏了，金玉几个还在打光棍的发小，非要让金玉媳妇点烟不可。点就点吧，每次金玉媳妇刚刚划着火柴，发小们就嘿嘿坏笑着给吹灭了。这样几次三番，金玉媳妇脸都气青了，她恶狠狠白了金玉一眼，那眼神似乎在暗示他，如果再不管管，她就一把火烧了这帮人！金玉虽然长相文气，但也天生没怕过谁，不知怎么的，自这媳妇被介绍给了他开始，他就成了村人嘴里的缩头乌龟，脸上总是带着一股子胆怯，甚至连腰都有些弯了。果然，媳妇一瞪眼，金玉就下意识地一哆嗦，嘴里也立刻抖出一句话来：兄弟，这烟就先点上吧，赶明儿我找人给你介绍个专门点烟的媳妇。众人哈哈大笑，那光棍兄弟也就红着脸住了嘴，老老实实地将烟点上了。

不过喝点小酒就要酒疯的男人们，可不这么好哄劝，他们也看得出新媳妇是急脾气，而且一点就燃，所以越发地想要借此取乐，以便让这场婚宴看上去更有意思一些。金玉想要将媳妇的酒都自己喝了，又怕落下怕老婆的话柄，于是只能忍着，看男人们千方百计找了理由来劝说媳妇喝酒，即便一人劝一口，媳妇那天也喝下不少，但娘家人教的规矩，金玉媳妇也是知道的，脸拉得多长都没关系，唯独不能当场就摔酒壶，否则，不只是晚上的闹洞房，以后的日子更难过。

于是金玉媳妇脸上就红一块白一块的，好像院墙上刷的劣质腻子，一场大雨给哗啦啦冲下来大半。女人们吃饱喝足，都将视线射向这可怜的外村来的新媳妇，知道她脸上残余的那些白粉快要挂不住了，心里便隐隐地有些兴奋，希望有些什么特别的事故，会在下一秒发生，这样，这场婚宴她们也没有白白交了份子钱，或者白跑了这一趟。

而经历了一上午折腾的金玉媳妇，却在众人的议论和视线包围中，忽然间有了生机。好像一只被一场大雨淋湿了的公鸡，太阳一出来，扑簌簌地抖落掉身上的雨水，便朝着深蓝的天空，打了一个响亮的鸣。金玉媳妇接下来的反应，让众人大吃一惊，她竟是一个接一个地笑呵呵地敬着酒，对别人的故意为难也不再变脸，而是痛快地接过来一口干掉。这样的英勇，果然震住了满院子的男人女人，就连做饭的厨师，也听说了金玉媳妇的豪气，探头看一眼院子里女王一样的她，幽幽道一句：金家要改朝换代了。

我终究没有熬到晚上闹洞房。据说金玉媳妇在那剩下的两三个小时里，配合得更是端庄大气，连一群光棍男人们说的黄色笑话，她也微微笑着照单全收，完全不恼不怒，以至于那群想要捉弄金玉的发小，竟是觉得自己没趣起来，终于有个领头的，轻咳一声，用眼神示意众人，新娘子的从容不迫，其实是变相的逐客令。临走，金玉媳妇只送了一句话给尚未结婚的愣头儿青们：回去好好挣钱，争取让嫂子也早一天喝上你们的喜酒。

男人们都说，这一句，金玉媳妇说得真是有气魄，有旧社会大管家的威风凛凛，完全不是新媳妇羞涩怯懦的语气。好像结婚的这扇门一关闭，金玉媳妇就熬成了婆，可以在我们村子里跟其他老娘们一样，昂首挺胸地走来走去，而不会被作为外村人指点排斥了。

每个外村媳妇，都要经过一两年的时间，才能像一滴水，融入村庄这条河流之中，成为不再会被人想起的日常。但金玉媳妇，却花费了很短的时间，便铲平了一切堆积在她门口的障碍。她有着一切乡下女人的蛮力，她挥舞着手中的铁锨，三下五除二，便将新婚之初，所有刻意摆放在她面前的鸡零狗碎的烦恼，全都干掉了。

金玉媳妇在结婚后的一个月内，便在家里大刀阔斧地实施了新政，让原本完全听命于爹娘的金玉，乖乖地朝她靠拢过来。媳妇要求分开锅灶单独吃饭，做饭刷碗、打扫庭院、地里农活，全都做了明确分工，包括金玉爹娘，也别想偷懒。金玉如果表示反抗，媳妇立刻使出撒手锏：有本事去娶别的女人，反正我不陪你们一家人过！金玉当然不会再折腾一回去娶别的女人，他也知道爹娘跟着丢不起这个脸，于是他只能听从媳妇安排，并私下里偷偷安慰爹娘：你们老两口，放下大权，早点安享晚年多好？反正，她也不会把这个家朝丢人的路上败坏不是？

金玉媳妇当然不会败坏这个家，她只是比别的年轻的媳妇们，早一天扫荡掉了村子里的闲言碎语，让男人女人们忽然间意识到，婆婆做主的时代，很快就要过去了。

后来有一天，金玉的一个发小结婚，金玉媳妇抱着还在吃奶的孩子，站在院子里看长相柔弱的新娘红脸给人鞠躬，别人都笑新娘的拘谨和羞涩，只有她不紧不慢地说了一句：明天一觉睡醒，朝猪圈里倒尿盆的，肯定是男人。

旁边一个热爱碎嘴的女人嗤嗤地笑：一年前你结婚的时候，听说早晨起床，因为谁倒尿盆的事，把金玉给砸了……

金玉媳妇听了笑，却什么也没说，只是掀开衣服，将奶头塞到孩子嘴里，而后晃悠着臂膀，哼起一首儿歌，扭头走出充溢着浓郁鞭炮味道的庭院。

卖煎饼的

"卖煎饼的来了！"邻村的大人小孩都这样沿街叫喊，于是那个骑三轮车卖煎饼的男人憨厚一笑，亮开了嗓子，略带羞涩地站在街头喊道：卖——煎——饼——喽——

这个每天准时出现在邻村大街小巷的男人，是我的父亲。

父亲似乎脑子一热，就想到了做煎饼这个行当。他去北乡某个村子里给人送编好的驮筐，有做煎饼的见了便托他帮忙，问十里八乡有无认识的人，想要买二手煎饼机器的，他们家不想做了。父亲热心肠，跟着做煎饼的去看机器，结果，第一次见到这种新鲜玩意儿的父亲，忽然间就有自己买回去发财的隐隐的兴奋。做煎饼的人一眼就看出来了，于是不肯放过这近在眼前的冲动主顾，将做煎饼这一行当的大好前程，卖力地吹嘘了一番，以致让父亲坚信，如果不是迫不得已，人家不会低价转卖这台机器，非得用它再挣上几万块不可。

所以等父亲离开北乡的时候，他已经下定了决心，放弃他从事了十几年的编筐手艺，将机器买下来，不管保守的母亲是否会为此跟他大闹一场。

每次一有大事，必会来一次家庭大战的父母，这次却很奇怪地达成了一致。大约，那天晚上，父亲因为兴奋而喝醉了酒一样酡红的脸，感染了母亲，让同样想要做点什么发家致富的她，也想借此大挣一笔。而且想到她将从此让全村人告别过去老旧传统的鏊子，走上机械化生产煎饼的时代，母亲甚至有一种妇女先锋的自豪。

于是，在将我们家牛棚简单改造一番后，让全村人都瞧着稀奇的二手煎饼机器，就进驻了我们家。而父亲，自此也跟卖豆腐的狗剩、卖馒头的半熟儿、卖烧饼的王瘸子一样，成了一个"卖煎饼的"。

自然，我和姐姐也不再有闲着的时候。村子里买馒头、烧饼、煎饼之类的吃食，不通行现金，全是用麦子换，一斤麦子大约可以换七两白面煎饼。父亲跑到大队书记办公室喇叭上喊了几次，便算是做了广告。村里人好热闹，一个人来买过一次煎饼，于是全村人都跟着来尝尝鲜。只是，这里面有一半是空着手来让先记账的，至于什么时候会还上麦子，回答千篇一律：等麦子熟了就送上门来。这当然都是先骗一些煎饼尝尝的好话。事实上，村里人都习惯了上门讨账，麦子入了瓮，父亲不拿着账本挨家挨户去催，不会有人专程跑来送麦子的。即便是这样的上门讨要，还有人想要赖掉，拿着那账本来来回回看了好几遍，确认不是父亲造的假之后，才千万个不舍地拿了瓢子去瓮里舀麦子。

而我和姐姐的任务，当然是针对另外一半比较自觉地拿了麦子换煎饼的买主。来买煎饼的大多是女人。只有女人才会热衷于倚在门口，好奇地瞧着煎饼机器的传送带上，白纸一样运下来的煎饼，并顺手掰下一块新出炉的，香喷喷地咬下一口。在嚼着的当口，女人一边啧啧有声地夸赞，一边不忘将另外的一小块，递给一起来蹭吃食的孩子。这样，女人们这一趟也就不算白来，至少肚子里已经囫囵吞枣地盛下了半个煎饼。等到称秤的时候，女人们的眼睛更是贼亮，一定要让姐姐手里的秤杆翘得"高高地"，才肯放心。当然，在牛棚里坐在机器旁紧张地叠着煎饼的母亲，眼睛更毒，她能穿过女人们来回晃动的屁股、肩膀或者牛尾巴一样扫来扫去的长辫子，直接将视线落在姐姐的秤杆上，并看清上面的秤花，有没有被粗心的姐姐遗漏了一个。母亲明明没有文化，不识字，可在算账上却是一个好手。听见我和姐姐笨嘴拙舌地始终算不出答案，她便生了气，直接将五斤三两四钱麦子，究竟换几斤几两几钱煎饼的答案，高声从牛棚里扔出来。就连父亲这样一个"高才生"，也常常在母亲张口就来的算账本事面前，甘拜下风。

在煎饼机器买来之前，我想象中的场面，是悠闲的、快乐的，只需将搅拌好的面糊倒入机器，它们便会均匀地流泻而出；而不是像现在这样，母亲将屁股粘在马扎上，一刻不停地挥舞着手里的木片，叠着随时会流淌到地上去的"白纸"，并为了防止老上厕所，连水也不敢喝一口。父亲呢，当然只要将面糊搅拌好了，就可以去庭院里喝他的闲茶；而不是像个被烧了尾巴的猴子，因为煤炭火候不均，忽冷忽热，急得上蹿下跳。我和姐姐更不用说了，因为卖煎饼挣了钱，既能名正言顺地给父母讨点零花钱，也能和有零花钱的小孩子们一样，走街串巷地玩乐；完全不是在算不出账的时候，当着来买煎饼的人，便被父母一声怒吼。

日夜轰鸣的一台煎饼机，就这样让昔日宁静的庭院，忽然间变得喧哗起来。父亲这个每天在门楼下安静编筐的人，脾气开始暴躁。他在家里走路永远都像一阵风一样，只是这一阵风不是温柔的清风，而是可以席卷一切的飓风。父亲席卷过很多的东西，但凡他认为碍眼的，都要清扫干净。他看见姐姐晾晒在绳条上的衣服，便觉得烦躁，想他已经忙得饭都吃不上了，姐姐竟然还有闲暇天天洗衣服！于是他不由分说地便将所有衣服都拽下来，一下子扔到墙外去。或者，在母亲抱怨面和水的比例添加不均的时候，他端起一大盆刚刚和好的面糊，哗啦一声，全泼到地上。再或，他急匆匆进房间来取面粉，无意中看见我没有学习，立刻将我摆了书本的圆桌，一脚蹬翻在地。父亲这股飓风，当然从来不会负责收拾现场，他只负责破坏。常常是姐姐自己跑到门外去，在邻居胖婶意味深长的注视中，将衣服捡起来，而后在夜晚，父亲不会注意的时候，再一一清洗干净。那倒掉的面糊，是母亲红肿着双眼，打扫进猪食槽里去的。我呢，自然是吓尿了裤子，却坐在湿漉漉的凳子上，一动也不敢动，只侧耳倾听着院子里机器的轰鸣，并从中细细辨认着父亲的脚步声有没有和缓一些，或者他给母亲下达命令的声音是不是还那样粗暴。我的裤子散发着一股尿骚味，那尿还顺着双腿滴答滴答流到了脚边，于是砖铺的地面上，就有了一小片地图，一只蚂蚁循迹爬了过来，又费力地想要爬出去，却不小心滑倒了，四仰八叉地陷在那一小片"沼泽地"里。我觉得自己像极了那只尴尬倒霉的蚂蚁。

可是又有什么办法呢，我到底还是希望父亲做的煎饼，可以挣到很多很多的钱。所以每天晚上，当父母为了做够第二天到外村去卖的煎饼，熬夜到很晚的时候，我也跟着失眠，在轰隆隆的机器声中，一秒一秒地数着时间，并为或许不知何时就会在深夜里炸响的争吵声惶恐焦虑，一直到轰鸣声不知何时停歇了，月亮悄无声息地爬上夜空，并在我的床前漏下一小片月光，我枕着这静谧又混杂着不安的月光，终于睡过去了。

这样的睡眠，当然是短暂的。我早早地就醒过来，躺在床上听父母在院子里忙碌的声音。我依然是假装睡着了，不敢在这样安静的清晨，很多余地站在父母面前，让他们因为困倦而将无名之火发泄到我的身上。夏天的早晨，有水洗过一样的清凉，暑气还没有蒸腾上来，知了也尚未开始鸣叫，一切都是静悄悄的，除了父母和姐姐搬运煎饼到地排车上的声音。父亲即将去邻近的几个村子里，像卖豆腐的、卖馒头的一样，走街串巷地叫卖，或许半天，或许一天，总之他是要在外面待着的。想到父亲即将离家，我便觉得身体哗啦一声松懈下来，好像这个偌大的院子，即将属于我一个人，我可以尽情地在院子里跳绳、踢毽子、招呼阿秀或者二芹来丢沙包，哪怕将鸡们赶得满地飞，鸡屎落在了香台上，我也不必担心；因为我有的是时间，在父亲回来以前，将犯罪现场清理干净。至于父亲在邻村怎样声嘶力竭地叫卖，带去的一军用水壶的热水是否够喝，饿了除了啃咸菜疙瘩和煎饼，能不能吃上点别的热乎乎的饭菜，暂时不在我的考虑范围，我只想享受父亲不在、母亲也无须坐在煎饼机前一刻不停地叠煎饼的片刻安闲。就像一只知了，躲在盛夏正午的梧桐树叶间，悄无声息地小憩一样。

我只跟着父亲去邻村卖过一次煎饼，对于我，那几乎相当于一场旅行。我坐在装满煎饼的地排车上，看着父亲弓着腰，费力地蹬着自行车。自行车和地排车依靠两根粗壮的麻绳，结实地牵引在一起。我神经紧张地蜷缩成一团，让自己变得小小的，似乎这样，就能减少身体的重量，让父亲稍稍轻松一些。我又恨不得跳到自行车的后车座上去，帮父亲用手拽着地排车的车把。但似乎除了将煎饼卖出去，我所有的做法，都对减轻父亲心理和身体上的负担无济于事。于是，空旷的大道上，每路过一个行人，父亲便满含着希望叫卖一声：卖煎饼喽！那声音在空气里飘荡开去，很快便消失在夏日的暑气中，连一点影子也没有留下。在那个走路的人眼里，父亲不过是外村来的卖煎饼的一个小贩而已，买不买，完全是他的自由。甚至，他连看一眼也不必，只一心一意沿着大道走下去，而后在一个拐角，一转身就看不见了。

父亲于是将叫卖的声音，喊得更高了一些，也更频繁了一些。似乎他还在跟那个将我们视作一团空气的男人较着劲，一定要将喊叫声传到他们家院子里去。可是那人究竟住在哪个角落里呢，父亲却不清楚。父亲跑过十里八乡，也结识了许多的人，但是作为沿街叫卖的小贩，他显然还是第一次。他没有经验，像一个刚刚结婚的小媳妇，羞涩地，手足无措地，想要获得外人的认可，却又怕人注意到他。因此他叫喊的时候，就高一声低一声地，躲躲藏藏，完全不像卖豆腐的狗剩那样，带着一股子天生就是小贩的随性与自然。

终于有人将父亲叫住了。作为"开市"的第一份生意，自然是要便宜一些的，买煎饼的女人也透着娇媚劲，笑嘻嘻地就掰下一半煎饼，咯吱咯吱地吃起来。父亲当然不好意思说什么，已经高高的秤杆，也没办法再低下去，只能自认吃亏。女人带来的麦子全是陈年的，生了虫子，又散发着一股子霉味。不用问也知道，她家的新麦子，都封存在大瓮里，等着年底卖一个好价钱。父亲看着袋子里掺杂了许多"大麦"的麦子，想要皱眉，却最终只笑着说了一句：这麦子，成色不好啊！女人听了父亲暗含深意的话，脸都没有红一下，照例闲适地嚼着煎饼，笑嘻嘻道：明年你再来，保证粒粒饱满。

父亲没工夫跟她计较这些问题，因为又有其他的女人，循着叫卖声走出了巷子，隔着十几米远呢，就喊：卖煎饼的，上这边来一下，我家也买点。又有遥问价格的，见父亲忙，我就跟着回应：一斤麦子换七两煎饼。说完了我就脸红，好像要登台表演我最不擅长的唱歌一样。那女人果然很仔细地看了我一眼，而后用所有女人都会用的方法，教育她身边馋得一直在咽唾液的小儿子：瞧见没，学习不好，以后你也得像她一样，跟爹出去卖煎饼！

啊，我真想在那一刻，化作一个煎饼，哪怕被那个女人吃进肚子里去，也好过被很多人好奇又同情地注视。但我无处可逃，我只能帮父亲扶着麻袋，把称好的麦子倒进去，又在尘灰飞扬中，将麻袋口紧紧地闭上，似乎，女人们故意在麦子里掺的沙子啊、碎屑啊、泥土啊，一旦跑出去，就会失了斤两，让父亲转卖到粮库里的时候，也跟着折本。不过闭住了口袋，我的脸还是灰扑扑的，很快成了土人。我和父亲两个土人，就这样在女人们的喧哗声中，孩子的喊叫声中，狗流着口水对着煎饼的狂吠声中，不停地装着麦子和煎饼。

　　我希望煎饼可以很快卖完，这样我和父亲就能轻松地骑车回家。但那煎饼被卖到一半的时候，就似乎累了，慵懒地趴在车上，再也不肯朝人家袋子里跑。于是父亲将车推到树荫下，把空了的煎饼袋子铺在地上，让我坐在那里不要动，然后从地排车上摘下军用水壶，去对面的一户人家讨热水喝。

　　"有人吗？"父亲站在门槛外，犹豫地朝院子里喊。很快，一个矮胖的年轻媳妇从堂屋里出来，看了一眼父亲，随即就扭头回了屋。我有些紧张，又替父亲觉得难堪。倒是父亲满怀着期待，像乡下常会见到的要饭的一样，倚在人家门框上，闲散地看着院子里奔跑的鸡鸭猫狗。我看到一只精瘦的鸡嗖一声飞上了墙头，而更多的鸡则在墙根下漫无目的地散步，或者拉屎。还有一只肥硕的猫，沿着梧桐树干悄无声息地爬上了平房。一只狗被太阳晒得有些头晕，眯眼瞅着父亲，却懒得叫上一声，向主人表达它作为一只看家狗的忠诚。我在知了声嘶力竭的鸣叫声里，觉得父亲也似乎化成了院子里的某个物件，只不过这物件，是依附在黑色铁门上的。

终于，女人提着一暖瓶水，从堂屋里走了出来。那暖瓶是鲜艳的红色，上面画着一枝娇羞的牡丹。我猜测女人是刚刚结婚的小媳妇，因为她的凉鞋也是红色的。她的脸上还露着一些紧张，朝父亲水壶里倒水的时候，还忍不住朝门外看了一眼。大路上有男人骑着自行车缓缓而过，那速度是故意放慢了的，视线中也带着意味深长的窥探。女人因此更紧张了一些，水便不小心洒出来，滴在了崭新的凉鞋上，她"哎呀"叫了一声，这一声让我和父亲立刻生出愧疚与不安，好像我们欠了她不只是一壶水，而是一车的煎饼。于是父亲转身去车里拿出一个煎饼，歉疚地笑笑，递给女人。

女人愣了一下，还是用沾着泥灰的手接过去，又飞快地看一眼正午的阳光下空荡荡的大道，便笑着转身回了院子。院子里那条懒惰的狗，忽然间来了精神，讨好地蹭着女人的腿，又不停地摇着脏兮兮的尾巴，并将全部的注意力投射到那块煎饼上。女人一口咬掉大半个，又低头看了一眼，便随手将剩下的半个，丢给了营养不良的狗。那狗立刻兴奋地叼起来，跑到鸡鸭看不见的角落里，一门心思地猛吃起来。

我和父亲忽然被那条狗的吃相，弄得有些心烦，于是胡乱吃了几口煎饼，又咕咚咕咚朝肚子里灌了半壶水，便从树荫下起身，推起车子，沿着连影子都看不到的大道，漫无目的地向前走着。

这次，我没有坐在地排车上，而是在后面卖力地帮父亲推着。日头开始毒辣起来，整个村庄都沉寂在无边无沿的午休里，就连知了也隐匿了嘶鸣。我低着头，看着自己的影子，在地上缓慢地移动。车轮在坑坑洼洼的大道上，吱呀吱呀地响着。也只有这枯燥单调的声音，肯来陪伴我和父亲。

我们这样走了有多久呢，我也不知道。我只是觉得，这个小小的村庄，忽然间变得那么那么大，大到像洪荒宇宙一样，将我们一瞬间吞没，连悲伤，都来不及。

卖豆腐的

村里专管卖豆腐的是狗剩。

冬天的早晨,我还赖在被窝里,抱着早已没有多少温度的"烫瓶"蜷缩着取暖时,就听见狗剩尖尖地扯起嗓子叫卖的声音:卖豆腐——喽!他的嗓音,又沙哑,又粗糙,又尖锐,以至于我总觉得狗剩嗓子眼里,长了一块细细的肉,他一开口喊叫,就有一双无形的小手,扯起那块颤抖的肉,往天上用力地拽;我因此替他觉得疼,真希望他尽快地偃旗息鼓,让那肉好好地歇上一歇。偏偏他越喊越带劲,不将村子转上三圈,他誓不还家。于是我便被那声音给小小地折磨着,直到狗剩终于卖光了箱子里所有的豆腐,骑车回家吃他的早饭。

当然,很多时候,我是等不到狗剩卖完豆腐的,母亲一准将我拖出被窝来,然后将衣服扔过来,让我自己瑟瑟缩缩地穿上。天气冷得像冰块一样,好像连尘埃也一起给冻住了,所以一切都看起来特别清洁干净,连空气都有些清冽得呛人。放在院子里的水桶,肯定是结了厚厚的冰的。于是我便应母亲的命令,用铁勺子将冰块一下下地砸开,并将浮冰舀到大锅里去。母亲则抓过几个玉蜀黍皮来,又划开一根洋火,点着了,放到锅底摆好的一束玉米秸上。她还侧头小心翼翼地摆弄着玉米秸的空间，尽量让火焰可以蹿至每一个角落，于是炉灶里便热烘烘地燃起来了。母亲又放了七八个玉米棒槌，而后忽然间在狗剩的叫卖声里想起了什么似的，急急地拍打下衣服上的尘灰，将包裹的头巾一把扯下来，扔到玉米秸上，而后对快冻成咸菜疙瘩的我说：过来拉一会风箱，娘去买斤豆腐，中午炖粉皮大白菜。

于是我便有些怨恨狗剩，他一喊叫，我不是被母亲拉出被窝去，就是被钉在灶间的玉米皮墩子上，一下一下费力地拉着风箱。要是锅底热烈的炉灰里，能埋着一个地瓜，那肯定会让我带劲地拉的。可惜，大多数时候，地瓜们都躲藏在地窖里。于是，我也只能在狗剩尖尖的叫卖声里，百无聊赖地继续替母亲拉着风箱。

隔着二翔家，我隐约地听到母亲跟狗剩闲扯的声音。母亲是特别擅长笑着跟小贩们讨一点便宜的，不像父亲，三言两语，砍价砍不下来，也占不到一点便宜，就着急上火，甚至跟人打了嘴仗。母亲不，母亲从来都是笑意盈盈的。

她先夸赞狗剩一番：今天豆腐真嫩，成色不错啊！你和俺大娘每天三四点就起床，真是辛苦。

狗剩麻利地拿出秤和秤砣，笑呵呵回道：嘻，做豆腐，也就这点累，习惯了。

母亲接着话茬夸：多亏俺大娘身体好，能帮你照应着，有她在，你这辈子啥都不用愁。

当然，我知道背地里母亲可不是这样说的。她总是带着一种又同情又嘲弄的语气说：狗剩这辈子娶不上媳妇，是白瞎了，做豆腐再好有啥用。

这些女人们最喜欢嚼来嚼去的闲言碎语，狗剩也不知道是否听到过。反正村里就他一家磨豆腐，人们再怎么爱拿他这光棍开玩笑，终究还是得买他的豆腐。当然，大家也可以不吃，可是，一斤豆腐实在也不贵，隔三岔五地，还是要买来跟白菜粉皮炖了吃的。所以，买豆腐的时候，为了能让狗剩的秤杆高高的，少收几分钱，女人们依然愿意不遗余力地给予狗剩夸赞。而狗剩呢，也享受每天人们为了口腹之欲，和和气气跟他说话的这点好。

于是听到母亲这些体恤温暖的话，狗剩就忍不住将一小块掉下来的豆腐，放进已经秤杆高高的秤盘里，并豪迈道：今天多给嫂子一点，吃好了明天再买。

母亲于是就这样不费吹灰之力，占到了一点小便宜。她会因为这一小块多出来的豆腐，一天都喜气洋洋的，好像大旱年间我们家抽签，忽然抽中了第一个用集体的机井浇地的大奖一样。替母亲拉着风箱的我，也会立刻因为她占的这一点小便宜解放出来。母亲总是第一眼就发现了我受的辛苦，温柔地道一句：我来拉吧，你去屋里暖和暖和。

我不会去屋里待着，因为屋里并没有生炉子，为了节约煤，只要好天气，母亲是不怕蹲在锅灶旁边挨冻的。当然，因为玉米秸和玉米棒易燃，用它们烧火，锅底的火轰隆隆的，延伸到灶膛的每一个角落，气势看着挺唬人，也便给人一点温暖的错觉。我于是就猫狗一样赖在母亲身边，一边哼哼唧唧地说着冷，一边却不肯离开，只将两手放在灶膛门口，胡乱地烤着。母亲于是添着柴火，安慰我说：别哼哼了，过几天我带你去狗剩家，要一碗热乎乎的豆腐脑给你喝。

啊，这句话一下子让我觉得冬天变得那么生趣盎然，好像墙头上跳跃的麻雀，或者闪烁的阳光；就连狗剩的斜眼，看起来也不那么让人讨厌了。我于是一心一意地盼着去狗剩家里讨要豆腐脑喝，这样人间的美味，在乡下也就一年能喝上一次吧；因为狗剩显然是不卖豆腐脑给人的，他需要留着它们做上好的豆腐；况且，乡下哪个做父母的，会五六点早早起来，只为给孩子要一碗热乎乎的豆腐脑喝呢？被窝里那么多赤条条的孩子，只怕一碗豆腐脑，会引来一场兄弟姐妹间的争夺大战。所以原本不多的宠爱之心，也就熄了火，只在路过狗剩家豆腐坊的时候，嗅一嗅里面浓郁的豆香味，骂一句：真他妈的香！因此豆腐脑对于每天早晨喝咸糊豆粥的小孩子，就成了奢侈品，一年到头，除非父母忽然间发了慈悲，觉出我们小孩子是可爱的，否则基本不会浪费钱，去买这样一碗据说城里人才喝的稀罕物。

母亲说话是不算数的，她说过几天，一过就是半个多月，等想起来这回事，已经是她再次买狗剩豆腐的时候了。这次我不再傻乎乎地拉风箱了，我丢给姐姐干，自己哼哧哼哧地跟在母亲后面，看她在巷子口买豆腐。

狗剩眼斜，立刻就看到了我。所以听见母亲又谈笑风生地夸他做的豆腐，一激动，就开口客气道：有时间嫂子带闺女去喝一碗豆腐脑吧。

我才不管狗剩是不是客气呢，我只眼巴巴地看着母亲，希望她赶紧想起自己的承诺，并立刻将其付诸实践。母亲大约是忘了自己的承诺了，但她却抓住了狗剩话语里另外一层意思，那就是可以免费去喝一碗，于是她立刻应承下来：哎呀，买豆腐还送豆腐脑，那多不好意思，我看看明后两天带闺女去喝一碗，她可是嘴馋了很久了。

狗剩大约以为母亲说的这两天，也是托词吧，可母亲却在当晚，就早早将我送进了被窝，原因就是明天要早起，带我去狗剩家的豆腐坊里喝豆腐脑。母亲不知道，我因此兴奋得几乎一夜没怎么睡好，好像我不是去喝一碗豆腐脑，而是穿了花衣服去拜大年，看花灯，赶大集，或者走亲戚，而且那亲戚家一定还有压岁钱可以拿。在轻浅的睡梦中，我甚至还梦到一碗温热、柔软如母亲乳房一样的豆腐脑。我在梦里还想，狗剩天天做豆腐，喝豆腐脑，可惜他不像我，躺在母亲怀里的时候，还能将脑袋拱在母亲热乎乎的胸前，感受着她的乳房带来的温柔，并趁她不注意，偷偷地吃上一口。

凌晨六点，我就被母亲叫了起来，闭着眼睛迷迷糊糊地穿好了衣服，却因吵醒了父亲，招来一通责骂。他骂我没出息，为了喝人家一碗免费的豆腐脑，披星戴月地赶了去，要是人家给点钱，还不住人家里认个干爹?！这句话当然是指桑骂槐，讽刺母亲也不觉得害臊，天还黑着呢，就带着孩子朝光棍家跑，让人知道了，像什么话?！母亲听了没吱声，却是好好打扮了一番，还围了一条好看的红围巾，又给我戴了胭脂红的套脖，然后轻轻拉开了门，牵着我的手，穿过冬日清冷的空气，朝村南头的狗剩家走去。

狗剩家背靠着村里的大水塘，夏天发大水的时候，他们家院子便成了河，狗剩就推着自行车，蹚着"河水"出来卖豆腐。冬天的时候呢，狗剩卖完了豆腐，就去河里炸鱼，哦，他的一只眼睛，据说就是这样炸坏的；以至于村里人都说，狗剩家风水不好，媳妇都让水神给卷走了，所以他才一辈子都是打光棍的命。不过狗剩他娘似乎并不在意别人的嘲笑，尽管笑话她家狗剩的男人，可能刚刚被坏脾气的媳妇抓破了脸皮，而女人呢，也被家里男人打得快要跳井自杀了。狗剩他娘就每日踮着小脚，在热气腾腾的豆腐坊里推着磨，拉着风箱，点着盐卤，什么话也不多说，什么闲言碎语也不放在心上。于是女人们便又开始编排，说狗剩他娘是舍不得狗剩娶老婆的，自从狗剩他爹十几年前去世，狗剩他娘就习惯了跟狗剩相依为命，如果忽然间多出一个女人来，那狗剩他娘可就没有容身之地了，所以还是这样孤儿寡母在一起做伴合适，反正，就凭狗剩这副模样，即便娶上老婆，也是歪瓜裂枣的，那还不如不娶得好。

于是狗剩就成了村里有名的光棍之一，一年一年，只顾尖声扯着嗓子叫卖豆腐，却再也没有提媒的人来，好像人们都希望他一直光棍下去，这样村里就有了谈资，有了可以随意取笑的一个人，而狗剩和他娘这对孤儿寡母，也就可以作为最值得同情的人家，专门用来陪衬别人的幸福了。

因此一对夫妻吵架，男人会说：好歹我也比卖豆腐的狗剩强，你嫁给我，就知足吧！

女人则会说：就你这骚包熊样，再不争点气，混出个人样来，就成了狗剩了！

男孩子们也乐意拿狗剩嘲笑伙伴：谁不守游戏规则，谁以后就去给狗剩家磨豆腐！

女孩子更不用说了，一扭头甩出一句来：闲着没事干，就去帮狗剩卖豆腐得了，干吗在这里惹人烦？

狗剩和狗剩他娘肯定也听到过人家的闲言碎语吧，但是他们照例在村子里一天天过下去，并不曾见狗剩跟谁争吵过什么。也或许，狗剩是根本吵不过人家的，因为他一着急就结巴，一个又结巴又斜眼又没有女人喜欢的男人，哪有什么资格跟人吵架呢？所以，狗剩也就干脆闭上了嘴巴，以便节省下力气，每天早晨出门卖豆腐的时候多吆喝几句。

但在那个冬天的早晨，狗剩家的这些落魄事，都跟我和母亲无关了。我只一心一意地想着狗剩豆腐坊里加了鲜香卤汁的豆腐脑，而母亲呢，则盘算着怎么喝一碗、再带走一碗。冬天冷寂的大街上，我和母亲都穿了鲜艳的衣服，喜气洋洋的，好像去赶赴一场约会。母亲牵着我的手，两个人谁也不说话，只在尚未亮起的天光里安静地走路。我与母亲的呼吸，一轻一重，好像在为细碎的脚步声伴奏，又好像两只昼伏夜出的动物，在黎明前最后的夜色掩映中，出没在人烟稀少的街头。

我想，如果此刻有女人打开大门，恰好看到行色匆匆、神情可疑的我们，一定会背后给自家男人说：瞧这娘俩起那么大早，急匆匆的，一定不是去做什么好事。哦，在很少能够喝到豆腐脑的乡下，早起去喝一碗免费的豆腐脑，听起来的确不像是什么好事，好像我和母亲生来就是爱占便宜的人，又好像我们生下来就是为了喝这一碗豆腐脑一样。

好在，狗剩家并不太远，这也让我和母亲心里淤积着的那口气，没有花费太长的时间，便长长吁了出来。待到一脚跨进狗剩家门，听到狗剩他娘拉风箱的声音，还有狗剩着急时结结巴巴的说话声，我和母亲终于觉得心里踏实下来；好像那柔软如女人乳房一样的豆腐脑，早已吃到了嘴里。

狗剩听见柴门嘎吱一响，就从灶间里探出头来，看见是我们娘俩，便笑：正想着，你们就来了，豆腐脑的卤子早打好了，在锅台上备着呢。

我顾不上听大人们说话，只好奇地看着灶间里很大的两个瓷缸，其中一个装满了刚刚从石磨上磨完的豆浆，而另外一个大缸里的豆浆，已全部被倒入大锅，且在烧火棍和风箱的集体作用下，沸腾起来了。于是狗剩他娘开始用大舀子将锅里的豆浆，舀入大缸里。母亲也不肯闲着，一边帮忙舀，一边陪狗剩他娘唠嗑；当然说的全是夸狗剩的话，说他人仗义、大方，卖豆腐从来不跟人斤斤计较，所以村里人都愿意支持他们家生意，这豆腐坊，也在附近几个村子里出了名。母亲当然不会将后面一句暗含的话给说出来，那就是可怜的狗剩，做的豆腐十里八村都卖得出去，唯独他这个人卖相不好，活到四十岁了，还是光棍一条。

不说出来，灶间里便一片和谐。氤氲的热气中，两个女人忙得满身是汗，母亲干脆脱了棉衣，露出自己新近织成的枣红色毛衣来。那枣红虽然是沉郁的颜色，却被奶白色的散发着热气的豆浆映衬着，透出迷人的熟透的果实一样的色泽来。于是昔日被狗剩和他娘充塞的枯寂的灶间，忽然间变得生动起来，而我的存在，更为这狭小晦暗的空间点亮了一盏灯，现出一个正常家庭里的温馨动人的底色。

我想狗剩和他娘，一定沉浸在这种温暖又陌生的感觉里，不想出来，以至于他们让我和母亲，连喝了两碗加了鲜香卤汁的豆腐脑，还不肯放我们走，非要跟母亲拉拉家常。而母亲，也自觉地尽到了白吃白喝所需担负的义务，将狗剩缺少的年轻女人的温暖，以及狗剩他娘从未体会过的婆媳之间的关爱，真真假假地，全表演给了他们。

临走的时候，母亲用这样热情的表演，换走了两碗捎给父亲和姐姐的豆腐脑，外加一斤新鲜出来的豆腐。母亲当然坚持要付钱的，无奈狗剩在那个早晨太像个男人了，而且还有一股子说一不二的霸道，就像，他忽然间有了一个可以让他看上去有男人威严的老婆。

　　啊，那个寒风刀子一样嗖嗖割着人肌肤的冬天的早晨，我的心却被两碗豆腐脑，给弄得暖融融的。

第五章

大地

而这时，如果我回到村庄，蹲在墙根下，眯起眼睛，晒晒太阳，我一定又可以听到风的声音。那声音自荒凉的塞外吹来，抵达这堵墙的时候，已经是春天。风暖洋洋的，在我耳边温柔地说着什么。去年的玉米秸，在风里扑簌簌地响着，它们已经响干响干的，一点火花，就可以让它们瞬间呼隆呼隆地燃烧起来。空气中有一种甜蜜的、好闻的又热烈的味道，那味道似乎来自遥远的童年，在我还是一个孩子的时候。

风

起风了。

我坐在一棵梧桐树下看天。天空上的云朵在跟着风走，起先是一小朵一小朵的，像春天落在沟渠里的柳絮，风一来，就溜着沟沿走，谁也不搭理谁，谁也不依恋谁。那些细碎的云朵，它们没有来处，也不知去向。地上的人并不晓得这一朵云和那一朵云的区别，甚至还没有抬起头来看它们一眼，南来北往的风，就将它们全吹散了。后来，云朵越聚越多，风起云涌，大半个天空，很快就被它们占据了。

风有些着了急，试图以更大的力，将云朵重新吹散。可是云朵却深深地在天空扎下根去，盘根错节，枝繁叶茂，任由风有再浩荡的力量，也终于奈何不了它们。

弟弟起初在树下玩泥巴，风将他皱巴巴的衣服一次次地吹起，执拗地要寻找些什么，可是最终连一粒糖也没有找到，于是便无聊地将衣角无数次地掀起，放下，掀起，又放下。弟弟着了迷似的，沉浸在泥塑的坦克大炮中，嘴里发出"突突突"的机关枪声，还有一连串"砰砰砰"爆炸的声响。他连一只蚂蚁爬上脚踝都没有注意，更不用说那一股不知从何处而来的风的撩拨。

风还在持续地吹着。它们越过连绵不断的山，吹过空空荡荡的田野，拂过被砍倒在地的玉米，试图带走一枚野果，但不能如愿，只好恋恋不舍地将其丢弃，又继续向前，扫荡孕育中的大地。田间的草被风吹得快要枯了，可还是拼尽全力，从泥土里钻出最后的一抹绿。那绿在风里瑟瑟地抖着，左右摇摆，不确定要不要继续向半空里流动。风冷着脸，原本想将这已荒芜的草连根拔起的，却使不上劲，于是便呼哧呼哧地喘着气，沿着一大片草兜兜转转了许久，到底还是觉得无趣，俯下身体，蛇一样嗖嗖地擦着草尖向前。

后来，风就抵达一片久已无人照管的桑园，看到了坐在梧桐树下的我，还有在自编自导自演的战争中，呜呜喊叫不停的弟弟。他的裤子上满是泥，脸上只剩下一双黑亮的眼睛。因为太瘦了，他整个人都隐匿在衣服里消失不见。

风一定试图带走我和弟弟，于是它们在小小的山坡上逡巡逗留了许久。相比起我卷曲细软的头发，它们显然对弟弟的坚船利炮更感兴趣。它们叉着腰，居高临下地斜睨着弟弟，并将他用草茎做成的旗帜一次次拔起。风还在半空里发出怪异的笑声，那笑声长了脚，阴阴地从四下聚拢来，俯视着再一次将草茎插到船上的弟弟。风当然笑嘻嘻地又吹跑了无用的旗帜，并在恶作剧后，哗啦一下四散开去。风散开的时候，同时卷走了那根草。于是草就沿着山坡，一路打着滚，踏上未知的旅程。弟弟生了气，停下激烈的战斗，跑去追赶他的旗帜。风哼着小曲，嘘嘘地笑着，嘲弄着弟弟，并将他的所爱吹得更远，一直到那根草落进了沟渠，并打着漩儿顺水飘向更远的地方。

弟弟在沟渠旁站了好久，才垂头丧气地返身回来。他已经没有热情再开始另外一场战争，尽管处处都是草，他完全可以随手扯一根新的草茎，重新投入战斗。他就在一步步朝山坡上走来的时候，忽然间看到了风起云涌的天空。五岁的他，迎着风，张着嘴巴，傻子一样呆愣在原地。他的口水顺着唇角流淌下来，好像他在看的不是大朵大朵的云，而是一大锅咕咚咕咚冒着热气的猪头肉。他还不知道"美"是什么，也不知该如何表达，于是他就"啊啊"地朝我叫着，喊着：姐姐，快看，云要打仗了！

无数的云聚集在一起，要跟谁打仗呢？当然是风。风浩浩荡荡地在秋天的田野里吹着，以一种收缴一切战利品的骄傲的姿态。这时的它们，早已将村庄的大道、人家的房顶、迎门墙上剥落了颜色的不老松、庭院里的鸡鸭猪狗，全给扫荡了一遍。风明显不屑于在墙角旮旯里小家子气地兜来转去，它们是有大志向的，它们要有气贯长虹的豪迈，要有吞云吐雾的气势。于是风扭头冲向云霄，开启了一场在遥远天边的战斗。

我和弟弟抬头看着天边的云，直看得脖子都疼了，风还没有散去。风一定也有些累了，在黄昏里慢了下来。凉意自脚踝处蛇一样一寸一寸地漫溢上来。那是风带来的凉，自更为遥远的北方大地。在更北的北方有什么呢？森林，沙漠，河流，戈壁，还是荒原？风从那里吹过，要马不停蹄地行经多少个日日夜夜，才能最终抵达这个小小的村庄，并搅动一场与云朵的战争，且恰好让我和弟弟看到？

那时的我，去过最远的地方，不过是热闹的县城。我连火车也没有坐过，只从父亲的口中，听说他常去送货的地方，要经过一段长长的铁轨。我于是便想象着火车呼啸而过时，风将路上的草屑卷起，落在父亲的衣领上。他微闭起眼睛，躲避着半空飞舞的尘埃。风将震耳欲聋的声音，强行灌入他的耳中。或许，父亲会像个孩子一样，用手指堵住双耳，并微微地张开嘴，好奇地注视着这庞然大物的离去。在那样的片刻，火车带走了他在尘世的哀愁，那些穷困的日子，也暂时被他忘却。一切都忽然生了翼翅，带着似乎从未有过梦想的父亲，奔向色彩瑰丽的远方，奔向他曾经想要驰骋天下的未来。风将一切鸡零狗碎、柴米油盐的日子推远，父亲的自行车后架上，驮着的麦子、地瓜、粉皮，都自动隐匿。在铁轨上的风快要消失的时候，父亲或许有过瞬间的冲动，想要追赶那列远去的火车，或者变成任何一个车窗内曾经给过他注视的旅客，不管他们是否跟他一样陷在日常的琐碎生活中。他只想去远方，猎猎的大风吹来的远方。就像那一刻，跟着天边的云朵，一起飞往虚空之地的我和弟弟。

天一黑下来，风就被关在了房间之外。我在窗前的灯下做着无休无止的模拟试卷。我不知道人一天天长大，为什么也要一场场考试，但我明白，这一场场考试，可以将我送往大学里去。大学在哪儿呢？当然是在远方。想到这一点，我便将心继续沉入试卷中。窗外的世界，也慢慢浸入湖水一样的安静里，于是风的声音，便越发地清晰起来。

院子里有搪瓷盆碰到水泥台子的声音，那是母亲在洗手。她刚刚给牛铡完睡前的最后一次草，并将刷锅水倒入猪盆里，用力地搅拌着猪食。猪们早早地就听到了，扒着猪圈的墙，站起来向外看着。弟弟拿着木棍，用力敲打着那头想要出人头地的猪。那猪于是无奈地重新回到猪槽旁边，并用哼哼表达着心中的不满。我透过窗户，看到手电筒清冷的光里，母亲正将一盆冒着热气的猪食，哗哗倒入槽中。她的一缕头发被秋天的冷风不停地吹着，好像墙头上一株摇摆的草。随后便是猪们一头扎进槽里猛吃的声音。墙角的虫子要隔上许久，才会在风里发出一两声低低的鸣叫。那叫声有些冷清，是一场热闹过后孤独地自言自语，无人搭理，也不奢求附和。

在父亲将自行车推进房间里来，弟弟也将尿罐端到床前的时候，院子里终于安静下来，整个村庄里只剩了风的声音。风从一条巷子穿入另一条巷子，犹如一尾冷飕飕的蛇。巷子里黑漆漆的，但风不需要眼睛，就能准确地从这家门洞里进去，越过低矮的土墙，再进入另外一个人家的窗户。巷子是瘦长的，门是紧闭的，窗户也关得严严的，风于是只能孤单地在黑夜里穿行，掀掀这家的锅盖，翻翻那家的鸡窝，躺在床上尚未睡着的人，便会听到院子里偶尔一声奇怪的声响，像是有人翻墙而入。但随即声响便消失不见，人等了好久，只听见风在庭院里穿梭来往，将玉米秸吹得扑簌簌地响，便放下心来，拉过被子蒙在头上呼呼睡去。

当整个村庄的人都睡了，风还在大街小巷里游荡。那时的风，一定是孤独的。从巷子里钻出的风，遇到从大道上来的风，它们会不会聊些什么呢？聊一聊它们曾经进入的某一户人家里，男人与女人在暗夜中发生的争吵，或者老人与孩子低低的哭泣。还有一条瘦弱的老狗，蜷缩在门口的水泥地上，有气无力地喘息。

夜晚的风一定比白天的风更为孤独。它们不再愤怒地撕扯什么，因为没有人会关注这样的表演。于是它们便成了游走在村庄夜色中的梦游者，被梦境牵引着，沿着村庄的街巷，面无表情地游走。

我终于在昏黄的灯下，做完了试卷。那时，所有的星星都隐匿了，夜空中只有一轮被风吹瘦了的月亮，细细的、摇摇晃晃地悬挂在村庄的上空，好像渴睡人的眼睛。月亮看到了什么呢？它一定洞穿了整个村庄的秘密，知道谁家的孩子，比我还要用功地半夜苦读；知道哪个始终嫁不出去的老姑娘，夜夜辗转反侧，无法入眠。它在高高的夜空上，被秋天的风一直吹着，会不会觉得冷呢？没有人会给月亮盖一床棉被，当然，也没有人会给我盖。父母已经沉沉地睡去，临睡前被训斥一顿的弟弟，大约在做一个美好的梦，竟然笑了起来。那笑声如此短促，像一滴露珠，倏然从梦中滑落。而要早起到镇上做工的姐姐，也已起了轻微的鼾声。她将被子裹满了全身，不给我留一点进入的缝隙。清幽的月光透过窗户，照在褪色的被子上。一切都是旧的，床、柜子、桌子、椅子、箩筐。一切也都是凉的。

我在上床前，猫在院子的一角，撒睡前最后的一泡尿。风把尿吹到了我的脚上，风还从后背冷飕飕地爬上来，并一次次掀动着我的衣领。我的影子被窗口射出的灯光拉得很长，长到快要落进鸡窝里去了。我怯怯地看着那团灰黑的影子，在地上飘来荡去，觉得它好像从我的身体里分离出来，变成黑暗中一个恐怖的鬼魂。风很合时宜地发出一阵阵诡异的呼啸声，树叶也在扑簌簌地响着。忽然间一只鸡惊叫起来，一个黑影倏然从鸡窝旁逃窜。那是一只夜半觅食的黄鼠狼，它大约被我给吓住了，很快消失在黑暗中，只剩下同样受了惊吓的一窝鸡，蹲在架子上瑟瑟发抖。我的心咚咚跳着，趿拉着鞋子，迅速地闪进门里，并将黑暗中的一切，都用插销紧紧地插在了门外。

我浑身起了鸡皮疙瘩，也不知是吓的还是冻的。我很快钻入被窝，又下意识地靠近姐姐温热的身体，但朦胧睡梦中的姐姐，却厌烦地踹我一脚，便翻了一下身，继续睡去。我的屁股有些疼，却又不知该向谁倾诉这深夜里的疼痛，只能自己孤独地揉着，而后蒙了头，闭眼睡去。

窗外的风，正越过辽阔的大地，包围整个村庄。

午饭过后，父亲将半袋麦子放在二八自行车后座上。弟弟兴奋地围过来看，又隔着尼龙袋子，将麦粒捏得咯吱作响，好像即将去上学的是他，而不是我。

我要去送姐姐！弟弟向父亲请示。

那就送你姐到公路口吧。

我可驮不动你。我抗议道。

那我就跑着！我要跟洋车赛跑！我还要跟风赛跑！弟弟的胸脯高高地挺着，一副自信满满能超越风的样子。

我只好用沉默表达同意。

弟弟立刻化成一股风，将我的书包从房间里提出来，他还装了一个大大的烧饼，于是书包便鼓鼓囊囊的，丑了几分。我看了心烦，将烧饼掏出来，气呼呼地扔回房间里去。弟弟却依旧笑嘻嘻的，看我出来，推动车子，他便瞬间飞奔至大门口，又忽然停住脚步，回头注视我推着车子，摇摇晃晃地向他走去。

我想甩掉弟弟，便在走出巷口后，趁他不注意，跳上自行车奋力蹬了起来。风有些大，又是顶风，于是我的计划执行起来便有些吃力。但我硬起心肠，不打算回头去看弟弟。我只听见他跟在我的车子后，快乐地奔跑着，嘴里还发出"啊啊啊"的喊叫声。风在耳边呼呼地响着，风也一定在奋力向后扯拽着弟弟的双脚。我听见弟弟在呼哧呼哧地喘着粗气，他的脸一定也是红红的吧，我想。我能感觉到他在车后几米的位置，却始终追赶不上。但他越来越近的喘息声，却又告诉我，他一定可以将我追上的。于是我又故意加快了蹬车的速度，但风也跟我较劲一般，把我用力地向后拖拽着。车子摇摇晃晃，半袋麦子眼看也要坠落下来，我有些泄气，恨不能跳下来，自己扛起麦子走人，将一堆废铁留给讨人嫌的弟弟。可是我又不想在他面前丢掉最后的颜面，便硬撑着，低头弯腰费力地蹬着车，好像倒霉的骆驼祥子。

忽然，车子变得轻了起来，好像生出了翼翅。我几乎想要高声歌唱，并放慢车速，怡然自得地欣赏一下风吹过秋天大地的美，或者深情地嗅一嗅泥土里散发出的成熟谷物的芳香。至于那个总是流着长长鼻涕的脏兮兮的弟弟，我才懒得理他。最好他化作一阵风，从我的面前彻底消失掉。

可是没有，他依然在后面撒欢地奔跑着。只是，他在推着后车架奔跑。我低头，看到他的双脚，小马驹一样欢快地跳跃着，脚上的布鞋照例顶出一个洞来，倔强的大脚趾正笑嘻嘻地探出头来。风包围着他，但他有的是乘风破浪的力量；我觉得身后的弟弟，变成了一尾鱼，正在波涛中奋力地向前。风一次次将他推回到岸边，他又一次次执拗地跃入汪洋中。他甚至对这样的游戏乐此不疲，并用大声的呼喊，表达内心的快乐。

姐姐，我们一起跟风比赛吧！

他并不等我的回复，便跳到车子的前面去。这次，我看到了他奔跑的样子，瘦瘦的，两条小腿在裤管里荡来荡去，好像那里是两股无形的风。后背与前胸上的衣服，快要贴到一起了。我觉得弟弟又从鱼变成了纤细的纸片人，或者一只柔弱的蝴蝶；一阵小小的风，都能将他从这个村庄里吹走。可他却丝毫没觉出自己的弱小，他的心里涌动着强大的力量，这力量大到不仅仅可以对抗那一刻的风，还能对抗整个世界。

是的，那一小段路，他追赶的不是我，也不是风，他在追赶他自己，一个被我嫌弃的小小的自己。

他就那样在我的前面跑啊跑，跑啊跑，有那么一刻，我甚至希望这条乡间的小路，永远都不要有尽头，就像这个世界上的风，也永无休止一样。我跟着他，奔跑到哪里去呢？我不知道，我也不关心。我只想这样注视着他瘦小的背影，倾听着他清晰的呼哧呼哧的喘息声，就像我们是在一条时光隧道里无休无止地奔跑，而这条隧道的尽头，则是成年之后，不复昔日亲密的我们。

风果然在很多年后，将我和弟弟像蒲公英一样吹散了。我跟随着风，去往北方以北，那里是所有风的源头，那风，犹如千军万马，从沙漠、草原、戈壁一起出发，向着无尽的南方奔去。很多个秋天，我站在荒凉的戈壁滩上，看到沙蓬被大风裹挟着，漫山遍野地流浪，什么东西将它们拦住，它们就停留下来，将种子播撒在那里。一株沙蓬草，究竟能走多远呢？当它们的双脚，被石块、泥土、沙蒿、柠条或者大树牵绊住，它们心底浮起的，究竟是宿命一样的悲伤，还是终于寻到归宿的欢喜？有谁会关心一株沙蓬一生颠沛流离的命运呢？它们没有双脚，却借助风，在北方大地上游荡。如果幸运，一株沙蓬会遇到湿润的泥土，生儿育女，繁衍不息；而后将它们的流浪精神，完美地复制给后代。于是秋天一来，沙蓬这一大地上的浪漫种族，便跟随着风，开始了一场大规模的迁徙。它们穿过山野、戈壁、荒原，越过黄河、沙漠、村庄。它们一定比一个人漫长的一生，历经过更多的风景。它们看到过一头牛行走在草原，一个人赶着马车孤独前行，一个鸟巢在半空中摇摇欲坠，一棵树被雷劈开死在荒野。它们在风里互相追逐着奔走的时候，一株沙蓬会不会给另外的一株说一会话？或者像我和弟弟，在村庄大道上一前一后地飞驰，互不言语？如果某一天它们走丢了，是不是永远不会再有相见的日子？爬山调里唱，"我是一棵沙蓬草，哪搭挂住哪搭好"，这歌声里，蕴蓄了怎样一种对于命运的顺遂与无奈啊！

当我在蒙古高原上写下这些文字，又想起那个孤独的午后，我和弟弟站在风里看天上的云。风最终将那些形形色色的云全部带走，不留印痕。风也带走了村庄里许多的人，他们或者寂寞地死去，或者像沙蓬一样流浪进城市。风最终将一个老去的村庄，丢给了我。

而这时，如果我回到村庄，蹲在墙根下，眯起眼睛，晒晒太阳，我一定又可以听到风的声音。那声音自荒凉的塞外吹来，抵达这堵墙的时候，已经是春天。风暖洋洋的，在我耳边温柔地说着什么。去年的玉米秸，在风里扑簌簌地响着，它们已经响干响干的，一点火花，就可以让它们瞬间燃烧起来。空气中有一种甜蜜的、好闻的又热烈的味道，那味道似乎来自遥远的童年，在我还是一个孩子的时候。那时，我依偎在母亲的怀里，小猪一样拱啊拱，拱啊拱，最终，我寻到了世间最幸福的源头——母亲的乳房。

那一刻，风停下来。

整个世界，都是我的。

雨

雨淅淅沥沥地下着，把人的心，都淋得湿漉漉的。

我坐在屋檐下看书，心却穿过重重的雨幕，飞到天空上去。如果从空中俯视我们的村庄，一定是被水雾氤氲环绕，犹如仙境一样的吧？至于这仙境里，有没有小孩子在哭，或者像我一样，因为周一的学费还没有着落，而愁肠百结，那谁知道呢？因为雨，家家户户的哀愁，似乎都变得轻了，不复过去当街打骂的酣畅与决绝。就连人家屋顶上的炊烟，也被雨洗了一般，越发地轻盈、洁净，接近于一种虚无纯净的蓝。

一切都浸润在雨里。一只穿破了打算扔掉的布鞋，在一小片水洼中横着，它恨自己不是船，永远没有办法驶出家门。这是春天的雨，缓慢，抒情，滴滴答答，敲打着这永无绝灭似的虚空。弟弟的玩具线箍，没有来得及捡拾，便胡乱地丢在梧桐树下。如果雨一直这样下着，或许它会像井沿边那几根堆放在一起的榆树木头，在背阴处，悄无声息地长出黑色的木耳。那些木耳总是在人还没有发现的时候，就忽然间一簇簇冒了出来。它们在雨中黑得发亮，好像那些被砍伐掉的榆树都成了精，生出无数黑色的眼睛。有时，在它们的周围，也会长出一些白色的小蘑菇，鲜嫩可人，湿润润的，采下来洗洗，丢到汤里去，香气很快便溢满了屋子，就连经年的旧墙壁、红砖铺成的地面，也似乎被这雨水滋润过的蘑菇的清香，给浸润了；人喝完汤水好久，坐在房间里望着雨惆怅，还会觉得有一朵一朵的蘑菇，在雨水中盛开。

蜗牛更不必说了，它们早就在潮湿的泥土里，嗅到了春天的气息。也或许，它们还在梦中，就已听到雨水打在窗棂上，发出的滴滴答答的响声。那声音在梦中如此遥远，又那样亲近。一只蜗牛隐匿在这苍茫的雨幕中，睁开眼睛，伸了一个懒腰，才将触角小心翼翼地碰了一下草茎上的雨珠，知道外面已经是温暖的春天，便放心地钻出泥土，朝昔日它们喜欢的树上、墙上或者井沿上爬去。

我和弟弟穿着雨衣，在墙根下观察一只刚刚钻出泥土的蜗牛。这只蛰伏了一整个冬天的蜗牛，被雨水一冲，身体便绸缎一样柔软光亮。当它慢慢向上攀爬的时候，这匹闪烁着金子一样光泽的绸缎，好像有了呼吸。这呼吸如此动人心魄，是大海一样深沉的力量，一股一股地向前，推动着这生机勃勃的力量。我着迷于蜗牛身体里蕴蓄的丰沛饱满的热情，注视着它爬过一根腐朽的木头，越过一块滑腻的长满青苔的石头，稍稍喘了喘气，又攀上一株细细的香椿的幼苗，最后在一片叶子上，摇摇晃晃地停了下来。原本有许多雨珠聚集在那片叶子上的，被这只蜗牛占据地盘后，它们便纷纷坠落下来。恰好一只蚂蚁路过，对这场突如其来的"大雨"躲闪不及，只好认栽，在一小片水洼中艰难地游了好久，才挣扎着爬上岸去，气喘吁吁地抖一抖满身的雨水，而后拖着沉重的躯体，消失在某一座干枯的柴草垛下。

等我目送那只蚂蚁离去之后，弟弟已经用小木棍，将那只试图安静地蹲踞在香椿树叶上，欣赏无边雨幕的蜗牛，给拨弄到了地上。

我有些生气，训斥他：再这样，小心半夜鬼来敲门，将你拉去变成一只蜗牛！

弟弟本来笑嘻嘻地想继续玩弄那只缩进壳去的蜗牛的，听我这样一吓，立刻惊恐地呆愣住，并将手里的木棍迅速地丢开，好像小鬼已经冷冷地缠上身来。

这时，雨下得更大了一些，细细密密地，将天地包裹住。我的双脚蹲得有些发麻，便站起身来，想要走到院子的门楼下去。弟弟却哀戚着一张脸，怯怯地望着我。我不理他，啪嗒啪嗒地踩着雨水，走向门口。

几只母鸡也躲在门楼下避雨。它们蹲在地上，安静地注视着雨水顺着青砖的墙壁，不停地滑落。这让它们看上去更像是一群哲学家。鸡的眼睛里看到的这个世界，是怎样的呢？跟我一样是静谧又哀愁的吗？我不清楚。我只是学着它们的样子，放低身体，却将视线朝向永无止境的天空，那里正有雨，绵绵不绝地落下。

弟弟不知何时也学了母鸡的样子，蹲踞在我的身边。他显然无心欣赏这静美的雨天，不停地抬头看我，脸上依旧是怯怯的。我早已忘了那只被他弄翻在地的蜗牛，不关心它最终去了哪里。我更不关心此刻的弟弟在想些什么，我甚至觉得他跟我并肩靠在一起，有些多余，也有一丝被刻意讨好的厌烦。他的脸上照例脏兮兮的，一粒鼻屎摇摇欲坠地挂在鼻尖上，让他看上去像小丑一样可笑。

我不想搭理他，于是侧过脸去，无聊地数着从巷子口走过的人。

我首先看到一个胖大的女人，穿着黑色肥大的雨靴，戴着破旧的斗篷，挺着圆鼓鼓的肚子，慢吞吞地经过巷口。那是柱子家的女人，没多少钱，却生了一张富贵阔气的脸，走到哪儿都长柱子的面子。她喜欢自言自语，并没有什么人与她在雨天里说话，她却一个人边走边絮叨着什么。已经过去巷口有一段距离了，还听见她的声音，穿过重重的雨幕，鼓荡着我的耳膜。

随后又见裁缝家的男人大旺，提着两只胶鞋，骂骂咧咧地走过。他的大半个身子都湿透了，衣服上满是稀泥，一看就是刚刚倒霉地跌进水坑里了。大旺用尽世间所有难听的词汇，恶毒地诅咒着这一场雨，好像他今天的好运，全部被这雨给冲走了。我猜想大旺的屁股一定在疼着，他的脚也大约崴了，走路的时候一瘸一拐，惹得旁边的一条狗都忍不住驻足，悲悯地注视着他。

邻居胖婶恰好走出巷子，看到大旺滑稽的样子，她红润润的大胖脸上，即刻荡起一圈开心的涟漪，笑嘻嘻朝巷口喊：哎，大旺，小心回家阿秀嫂给你缝衣服，一针戳到屁股上！

大仓家的女人很斯文，她打伞站在街口，听了这话，竟是有些害羞起来，好像这话跟她有什么关系似的。大旺瞥见好看的大仓女人怜香惜玉地站在斜对面，本来想放肆地笑骂几句胖婶的，却将那些黄色的笑话，全都憋在了心里，只从喉咙里咕哝出一句不痛不痒的话来：这雨，真不知他妈的下到什么时候！

胖婶没有得到期待中的回复，便有些无聊，仰头看了一会灰蒙蒙的天空，踩着漏气的雨靴，扑哧扑哧地朝田里走去。

我的脖子扭得有些酸了，一回头，见弟弟还可怜兮兮地看着我，那一粒鼻屎，被他油光可鉴的袖子擦到了下巴上。我被他看得有些发毛，又厌烦他这条跟屁虫，忍不住瞪眼道：你蹲在这里干吗？快回屋里待着去！

房间里静悄悄的。母亲正在睡觉，父亲在编着菜筐，除了挂钟滴滴答答的响声，在提醒着人时间的流逝，一切都好像在雨声里静止了。我知道弟弟和我一样，不喜欢在父亲编筐的时候，在房间里待着，怕一不留神，扫过桌椅的柳条忽然间没长眼睛，抽到自己的屁股上去。那滋味可比大旺摔进水沟时疼得多，保证能留下一条长长的红肿的印痕，十天半个月也别想消去。

但我只想一个人在门楼下待着，安静地听一听雨声，想一想明天去学校，从父母手里讨要不到学费，该怎么在众目睽睽之下，跟老师开口解释拖延上缴的理由。于是我看弟弟，便百般不顺眼，像要甩掉脚上一块软塌塌的泥巴一样，一脸怒气地将他远远地甩开去。

弟弟却黏住了我似的，跟我靠得更近了一些。在连吃了我几个白眼之后，他终于哀哀地开了口：姐姐，那只蜗牛，爬到墙上去了，是我帮它爬上去的……

我早已忘了那只可怜的蜗牛，也并不关心这样一个雨天，它究竟会爬去哪儿。一只蜗牛的命运，与我对学费的焦虑相比，是那么不值一提。甚至，即便弟弟一不小心，将它踩死在雨天里，我也不过是蹙一下眉，继续去想自己的心事吧。

一只蜗牛终归是一只蜗牛罢了。

我想远远地躲开弟弟，不搭理他的任何讨好。可是在这密密雨幕包裹住的天地里，我却无处可去。像那些男人女人们一样，跑到田地里看一眼麦子长势如何吗？我根本就不关心正在拔节中的尚无法换来学费的麦子。或者去苹果园里看一看白色的花朵，有没有被雨水打落在地？即便是一夜风雨将它们全部扫荡，那跟我又有什么关系呢？

眼前的这个雨天，因为明天学费的烦恼，再无最初时那样美好动人。

雨到黄昏的时候，不但没有停下的意思，反而更大了一些。整个世界，似乎都被斜飞的雨雾笼罩住了。

倚在卧室门口的我，看着即将编完菜筐的父亲和开始收拾锅灶做饭的母亲，终于鼓足勇气开了口：爹，娘，我们老师说，星期一必须把学费交上……

什么？必须？哪有什么必须的事！就说家里没借到钱，过段时间再说！

父亲边说边用力地将镰刀砸在最后一根柳条上，那根粗壮的柳条，立刻像楔子砸进了卯里，结实地嵌入柳筐。

我的眼泪哗一下涌了出来。但更多的泪水，则如隐匿的江河，在心底翻滚、动荡，想要寻到一个出口喷涌而出，却惧怕出口处有父亲的柳条，毫不留情地抽打过来。于是我将所有的呜咽，化成无声的隐秘的哭泣。我低着头，看着湿漉漉的球鞋，我想要躲开父母，却因为不知接下来会发生怎样的恐慌，而定在原地，挪不动脚。

在雨里撒尿的弟弟，抖着一身的雨水，啊啊大叫着跑了进来。他一定想要给家人分享他最新的发现，比如一只蚯蚓爬出地面、一条毛毛虫啪嗒一声落在他的脚上，但他敏感地嗅到了房间里正在发酵的阴郁，于是立刻化成一团空气，逃进卧室里去了。与我擦肩而过的时候，他斜侧着身，试图将自己缩小成一根毫毛，以便可以不碰触到我，将我的眼泪晃落一地。但隔着一厘米的距离，我还是感觉到他冰凉的手臂和潮湿的裤管。我忽然有些怀念蹲在门楼底下，凄凄哀哀地看着我，希望我能搭理他，给他说一句什么的弟弟。我又因为这样的怀念，而怨恨此刻叛徒一样只顾自我安危的他。

下一秒，将会有怎样的惊雷炸响呢？我战战兢兢地等着，却又希望什么也不要发生，就像骗人的电视剧里演的，父亲挨家挨户地求人借到学费，母亲则做了好吃的饭菜，为即将住校一周的我送行。

雨下得越发大了。隐隐地，有雷声自远处传来。房间里暗了下来，却没有人起身将灯打开。我听到雷声翻滚着，咆哮着，千军万马似的，朝庭院里奔涌而来。我心底的恐惧，越发地深了。我想起无数个雨夜，雷声在屋顶上炸响，一道刺眼的光，将黑暗中的一切照亮，犹如白昼。我还想起很久以前，村里的一个老头，就被雷劈死在雨夜之中。那个老头一定在某个雨夜里，害死过人吧。人们都这样说。

在我试图抵御更多关于雷声的恐怖联想时，弟弟忽然从卧室里走出来，小心翼翼地挪到母亲身边。

我听见他小声地向母亲撒娇：娘，我饿了……

若在往常，母亲一定会笑骂他几句"饿死鬼"，并找出一点吃的，将他打发掉。可是那一刻，在全家人压抑的沉默中，母亲忽然将切面条的菜刀一把剁在案板上，而后大声吼道：要钱的要钱，讨吃的讨吃，一个个全是没本事挣不到钱的废物！

一切都被这句话点燃，引爆。

父亲暴怒地将编好的菜筐扔到庭院里去。他还疯狂地扔别的东西，斧子、镰刀、剪子、椅子、鞋子，好像这些东西都像母亲一样，在阴森森地嘲笑他没有本事，又挣不到钱。昏暗的光线中，我看到青筋在父亲的脸上一条条暴突着。那是一些随时会飞下来，缠绕在脖颈上，让人窒息而死的毒蛇。在不知道毒蛇会将谁击中以前，我如一片秋天的树叶，瑟瑟发抖。我想要躲藏起来，却发现除了站在原地，无处可去。整个世界都被风雨雷电笼罩住了，村庄成为巨大的牢笼，而我，不过是一只仓皇逃窜的老鼠。

母亲天生没有安全感，她生下来似乎就是为了喋喋不休地唠叨与抱怨。她嫁给了无用的父亲，又在风雨之夜，相继生下三个胆小无助的孩子，她对于生活不息的热望与渴求，被困顿的生活一日日削减，到最后，她只剩下暴躁与绝望。

父亲和母亲在吵架上，真是天生的一对，他们的结合，想来是上天注定。炸响的雷声，将他们变成斗牛场上两头急红了眼的公牛。在父亲挑衅地迈出暴力的第一步后，母亲也不甘示弱，将擀面杖朝着父亲准确地砸过来。父亲一侧身，擀面杖嘭一声落在对面的墙壁上，并将镜子哗啦一声砸碎在地。镜子里立刻映出无数个斗志昂扬的公牛，他们像千年的仇人，凶残地厮杀着，疯狂地啃咬着。父亲抓住了母亲的头发，母亲则咬住了父亲的胳膊。他们的双脚还互相狠踹着对方，嘴里同时发出污言秽语，为这场战争助威。

弟弟躲在我的后面，嘤嘤地哭泣。我顾不上他，事实上我也已经吓得尿了裤子。突然，我的脸，被父亲操起的一根柳条给抽中了。

我在那个瞬间，有些晕眩，我觉得自己跟一只被父亲扔进雨里的破鞋没有什么区别。在尚未通过高考逃出村庄以前，我得忍着，咬紧了牙关屈辱地忍着。

我竟然还能头脑清晰地想到，明天我还要不要厚着脸皮上学？没有讨到学费被同学嘲笑、被老师同情也就罢了，更重要的是，脸上这道屈辱的疤痕，该如何向人解释？

我想我应该打开电灯，让父母在灯光下酣畅淋漓地打仗，这样他们就能看清彼此杀气腾腾的样子，也包括，看清留在我脸上的战果。

不过我很快意识到，这战果是多么不值一提。受了惊吓的弟弟，忽然放声大哭起来，他还很不识趣地从我身后跑了出来，带着一种试图以哭声震慑住父母的盲目自信。可惜，他高估了自己。父亲被弟弟尖锐的哭声弄得没了吵架的激情，于是大踏步走过来，用鹰爪一把提溜起弟弟的衣领，丢出门外。

死鱼一样被扔进雨中的弟弟，终于在一道劈下的闪电中，瞬间停止了哭泣。

父亲和母亲厮打到最后，都挂了彩。但因为下雨，招徕不了观众，便觉得无趣，也就偃旗息鼓，改日再战。那些被扔掉的盆盆罐罐、镰刀斧头，因为碍着面子，要冷硬到底，谁都不愿意"收拾旧山河"，两个人一南一北地躺倒在同一张床上，又恨恨地互踹一脚屁股，这才骂骂咧咧地背对着背睡去。

房间里瞬间安静下来。我坐在自己卧室的窗前，于漆黑中，静静听着院子里雨点打在搪瓷盆子上，发出的叮叮当当的声响。雨明显慢了下来，好像它们也跟雷电大战了一场，疲惫不堪，想要睡去。起初，它们打在盆沿上，是啪啪啪啪的快速声响。后来，变得匀速，成了温柔的小夜曲。接着，它们厌倦了，有一声没一声地滴落在浓墨一样的夜色里，又很快消失掉。最后，它们终于与无边的夜色交融在一起。

想到明天需要向同学解释脸上的伤痕，我便无法入睡。一阵风吹过，窗前的梧桐树上，有雨纷纷落下。那雨落在深夜，听上去有些森然；似乎有千万只脚，正悄无声息地穿过铺满潮湿树叶的小路。那些脚要去往哪里呢？它们在静夜里，要走多远，才肯停歇下来？它们踏遍整个雨夜中的村庄，是不是要去寻找另外一只走丢了的脚？一只脚如果被另外一只脚踩到，会不会疼得尖叫起来，然后又忽然怕打扰了一整个村庄的睡眠，于是跟被扔进泥水里的弟弟一样，戛然而止？

所有人都忘记了弟弟的存在。

我不知道他究竟是怎么从一摊泥里，羞耻地爬起来，又巧妙地躲过凶猛的父亲，隐匿在某个无人发现的角落，一直等到雨停下来，他才从坚硬的壳里探出头来，蠕动到我的身后，而后幽幽地唤我：姐姐……

我吓得快要尿了裤子，回头看见是他，心里升起一阵烦厌，本想吼他一句，又怕惊动父母卷土重来，便只好压低了嗓门呵斥道：不去睡觉，跑这里来干什么？！

姐姐……他嗫嚅着，声音里满是恐惧。

我心烦意乱：快说，你到底想干什么？！

姐姐……半夜小鬼会不会来敲门，真的……把我变成一只蜗牛？

我想骂他神经病，哪儿来的这些胡思乱想，忽然间听到窗外有雨哗啦啦地从梧桐树叶上飞旋而下，我就在那时，想起白天我和他穿着雨衣，蹲在墙根下，观看一只蜗牛爬上香椿树叶时，我对他的恐吓。

他竟然在雨中打了一个滚后，还没有忘记我施的咒语。

如果我很快乐，我会对他说：傻小子，哪有的事，姐姐在逗你玩呢！

如果我很平静，我会敷衍他说：你这么无趣，鬼才懒得搭理你！

偏偏，我正处在不知明天如何上学的羞耻中，于是我恶狠狠地诅咒他说：当然会来敲门！当然会将你变成蜗牛！而且，是一只丑陋的、没有壳的蜗牛！

当我说完这句，我发现内心涌起邪恶的快乐与复仇的快感。我注视着一脸恐惧的弟弟，想到明天可以朝老师、同学撒谎，说脸上的伤痕来自弟弟无意中的碰撞，我终于开心地笑了起来。

那一晚，我睡得很沉，跟一头长眠的猪一样，以永久地从这个世界消失掉的虚空，沉沉地睡去。至于可怜的被所有人忘记的弟弟，跟我有什么关系呢？

第二天起床后，没有人再提及昨天的事故。院子里已经收拾干净，不过也或许，那些凌乱的被父亲扔掉的家具物什，是由一个小鬼悄无声息地给收拢到原位的。否则，以父亲的嚣张和母亲的霸道，在握手言和之前，谁也不会主动低头。

雨并没有完全停下，抬头，会有蒙蒙细雨飘在脸上。但这样的雨，对于乡下人来说，完全可以忽略不计。我知道再提及学费，是一件愚蠢的事。只要关于伤痕的谎言，能够骗过所有同学，他们嘲讽我最后一个上缴学费，又有什么关系呢？脸面终究比金钱更为重要。

每次家庭大战后，冷战都至少会持续一个星期。所以我并不指望出门前，会有谁来嘘寒问暖。我很自觉地翻出一个冷硬的馒头，又切了一块咸菜疙瘩，坐在马扎上，就着一杯温暾的白开水，缩着手脚，不声不响地将馒头吞进肚子里。我听见院子里一只鸡跳上锅台，并将锅盖哐当一声弄翻在地。锅盖落在水泥台上，发出空洞虚弱的声响，好像那锅盖也饿瘦了，没有力气在半空里挣扎。那只鸡一定没有寻到吃食，对着张开苍茫大嘴的锅呆愣了片刻，便跳了下去。落在地上的锅盖，自然也为这只纵身一跃的鸡，又来了一声空荡的伴奏。

我吃得有些快，于是很没出息地打起嗝来。我一边打，一边想着离开后，父母静坐"绝食"，谁也不肯下厨做饭的样子，忍不住笑了起来。不过我很快将笑声给强行塞回了肚子里。因为我隔着房门，看到刚刚从茅厕出来的母亲，恶狠狠地朝我看过来。

我还是尽快躲到学校里去吧，那里才是温暖又安全的角落。我擦掉嘴边一块黑色的咸菜渣，想。

推着自行车出门的时候，一只刚刚下完蛋的母鸡，用响亮的咯咯哒的报喜声，欢送我的离去。我披了窸窣作响的塑料雨衣，走到庭院门口，忍不住看了一眼那棵低矮的香椿树苗，那里空荡荡的，只有细细的雨，在静默无声地飘落。那只将弟弟吓住的蜗牛呢？会不会真的变成了鬼，并在夜里出没？

我还瞥见水井旁堆积的榆树木头上，已经长出了密密一丛木耳。将它们用热水焯一下，酱油里拌一拌，一定无比美味吧？我咽了一口唾液，无限神往地想。

　　我唯独没有瞥见弟弟。

　　我不知道他躲在什么地方，昨晚有没有睡好，我离开以后的时间里，他一个人该怎样跟这寂寥的雨天和无边无沿的冷战对抗。

　　我推着车子，慢吞吞地走在巷子里。我忽然有些不想离开这条巷子，我希望它会像童话里那样，无限地延伸下去，永远不会与村庄的大道相接。我不知道我在等待什么，但我却清楚内心的期待。

　　一百多米的巷子，还是走到了头。就在我准备跨上车子离去的时候，弟弟忽然从拐角处冲出来，站在了我的面前。

　　他的脸上明显是一夜未眠的困倦，但他努力地打起精神，犹豫着叫我：姐姐……

　　我的心，陡然又冷硬起来。

　　"还不快回家，站在雨里做什么？！"

　　他低低"哦"了一声，却并没有离去的意思。

　　我不想理他，推车绕过，车轮差一点轧到他的左脚。那只脚蜷缩在一只顶破了的黑色绒面的布鞋里，卑微地擦过满是泥水的车轮。

跨上车子的时候，我用余光瞥了一眼身后的弟弟，他依然站在那里，带着胆怯，以及满腹无处可以倾诉的心事。

车子已经驶出几米了，我终于回头，冲弟弟喊："笨蛋，小鬼不会把你拉去变成蜗牛的……"

我不知道弟弟有没有听到，那时他已经转了身，飞奔回了巷子。

我听见雨，细细的雨，落在大地上的声音。那声音犹如万千生长中的蚕，伏在广袤苍茫的田野里，啃噬着桑叶，没有休止，也永无绝灭……

雪

　　雪没完没了地下，一场接着一场。好像这个冬天，雪对于大地的思念，从未有过休止。

　　大道上人烟稀少。似乎一场大雪过后，村子里的人，全都消失掉了。空中弥漫着清冷的气息，一切都被冰封在了厚厚的雪中，连同昔日那些打情骂俏的男人女人。阳光静静地洒在屋顶上、光秃的树杈上、瑟瑟发抖的玉米秸上、低矮的土墙上，再或灰色的窗台上。因为有雪，这些灰扑扑的事物，便看上去闪烁着晶莹的光泽。于是村庄便不再是过去鸡飞狗跳的样子，转而覆上一层童话般的梦幻。走在路上的人，都是小心翼翼的，似乎雪的下面，藏着另外一个神秘的世界。有时候人打开门，看到满院子的雪，会有些犹豫，要不要踏上去，将这画一样的庭院，给破坏掉。

　　母亲总是深深地吸一口气，发一会呆，这才咯吱咯吱地踩着这世上最干净的雪，给冻了一宿的鸡鸭牛羊们喂食。父亲在天井里说话的声音，也变得轻了。似乎像夏天那样，扯开大嗓门训斥我们兄妹三个，是一件不合时宜的事。鸡变得懒惰起来，知道院子里什么也寻找不到，便蜷缩在鸡窝的一角，安静注视着这一片洁白的天地。

整个村庄于是封存在静寂之中。隔着结了冰花的玻璃，朝窗外看的每一个人，眼睛里都充满了孩子一样的好奇，似乎这个村庄，不再是昔日他们习以为常的热气腾腾的居所。那些爱闲言碎语的人，也变得温情脉脉起来。房间里熊熊燃烧着的火炉周围，是一家老小。知道这时候吵架没有多少人围观，男人女人们也就偃旗息鼓，将所有的烦恼，都化作一块块乌黑发亮的煤，投进轰隆作响的炉膛里。那里正有一辆漫长的火车，从地心深处咣当咣当驶来。它发出的声音，在寂静的夜里，如此巨大无边，以至于依然在困顿的生活中受着煎熬的人们，手烤在红彤彤的火焰上，忽然间就忘记了这个世间所有的苦痛。

昆虫全都蛰伏在泥土里。厚厚的积雪覆盖着泥土，这个时候，如果谁能将整个大地用巨大的斧凿挖开，一定会看到密密麻麻的昆虫，比如蚂蚁、蟋蟀、蚱蜢、蜈蚣等，它们全都沉寂在深深的睡梦中，没有什么力量能够将它们唤醒。它们犹如死去一样，但身体里依然积蓄着生存的浩荡力量。除了春天，没有什么能够打扰一只虫子的冬眠。它们隐匿在这场弥漫了一整个冬天的大雪之中，不关心人类的一切。

被人类遗忘掉的，还有农田、庄稼、果园。如果没有炊烟从高高的屋顶上方的烟囱里徐徐地飘出，大雪中的村庄，就是一个被世界封存的角落。人类蜷缩在棉被里，犹如昆虫蜷缩在泥土中。最好，这一觉睡去，一直到春天，才会苏醒。可是，这只能是人类的理想。袅袅飘出的炊烟，将村庄的日常琐碎，缓缓揭开了一角。一切都像瓦片上因为热气而融化的雪，沿着房檐滴答滴答地落下。而那些缓慢的，没有来得及落下的，便成为透明的冰溜，整齐地挂在屋檐下，给仰头看它的孩子，平添一份单纯的喜乐。

最初的时候，雪每天都安安静静地飘着。人们穿着棉袄，在雪里慢慢走着，并不觉得雪落在脸上，或者钻入领子里，有多么凉。脚下咯吱咯吱的响声，一下一下地，将人的思绪拉得很远。小孩子在斜坡上嗖嗖地滑着玩，倒地时屁股摔得嘶嘶地疼，都不觉得有什么。揉一揉红肿的手心，继续吸着长长的鼻涕虫，乐此不疲地上上下下。女人们到人家去串门，走到门口，总是很有礼貌地跺一跺脚上的雪，这才漾着一脸笑，推开被炉火烤得暖烘烘的厚重的门，向人寒暄问好。

但腊月一到，雪再飘起来，就仿佛带了一把把锋利的刀片，于是小孩子细皮嫩肉的手，就成了冻萝卜，还是红心的。脸蛋自然也抹了胭脂一样红通通的。一觉醒来，露在棉被外面的耳朵，常常也冻得胖大了一圈。这时女人们再让小孩子去庭院里跑跑腿，做点诸如喂鸡喂鸭的活计，他们没准就哼唧起来。当然，哼唧完了还是得干，否则爹娘一个铁板拍过来，不比雪刀子差上多少。

这时的老人们，喘息声也缓慢下来。似乎那些气息，都留在了秋天收割完毕的田地里，并跟着麦子和蚯蚓一起，被这一场场没完没了的雪，埋在了冰封的地下。于是他们便借着仅剩一半的气力，一日日挨着不知何时会有终结的雪天。

在冬天，大部分时间，一家人都集聚在房间内，剥玉米，编条货，打牌，说闲言碎语，或者烤着一块又一块的炭，听着评书打发漫长无边的时日。老人们在房间里走来走去，什么也做不了，听着呼哧呼哧的粗重的喘息声，自己也觉得心烦，便躲在两层棉被底下，瑟瑟缩缩地回忆着那些陈年旧事。也只有谁家的媳妇来串门了，礼节性地给长辈问个好，他们才堆上一脸的笑，哎哎地应着来人的问话。

没有人说什么，女人们离开暗黑的偏房，继续跟这一家的主妇谈论家常。当然，出门前总会说一句吉祥的话：您老看上去气色还不错嘛！裹在厚重棉袄和棉被里的老人，听完一句话也没有。

年已经不远了，于是人们说话便专挑吉利的字眼，谁也不会轻易吐出与死有关的词来。

每年风雪大起来的腊月，村里总有一两个老人，熬不过寒冬；即便以一种给儿女装面子的好强，硬撑着，也还是没有熬过去。在杀猪宰羊过大年的欢庆声中，那一两个老人的儿女们，便一脸羞愧地找人商量置办丧事。于是天一阴下来，女人们烤着炉火，看着粉皮在铁篦子上滋滋拉拉地蓬松着，总要叹一口气，说，不知今年又赶上谁家办事。

　　这一年的腊月，母亲说了两三次，张家奶奶怕是熬不过这个冬天了。张家奶奶是母亲从赤脚医生转行学习接生时的师傅。按照辈分，我要叫她老奶奶。因为有这层关系，逢年过节，母亲都要带上我去给张家奶奶磕头拜寿。她似乎永远都不会老，总是穿一身喜庆的红，端端正正地坐在太师椅上，接受我和母亲的拜贺。因为辈分大，又接生了村里大部分孩子，所以他们家总是人来人往，很是热闹。每年去磕头，地上的蒲团都好像薄了一层。又因天冷潮湿，蒲团跪下去，便总是潮乎乎的。我因此抗拒，不想去。虽然张家奶奶总有几颗大白兔奶糖给我留着，可我还是怕她仅存的那几颗牙，它们站在她笑嘻嘻的嘴巴边上，漏着嗖嗖的风，那风是外面的雪天里吹过来的，又冷又凉，还有阴森森的鬼气。

　　对，我就是怕张家奶奶身上弥漫着的"鬼气"，才抗拒母亲每年都为了礼节，生拉硬拽上我，去给她拜寿。我从蒲团上抬起头来，仰望一脸威严的张家奶奶时，她脑袋上的挂钟，还会冷不丁来上一响。那是半点的钟声，我却总会吓上一跳，似乎有什么人催促着我，揪扯着我，前往某个比风雪天还要让我惧怕的地方。

人们都在房间里说着贺寿的话，连过年的对联上也写着吉利话，什么福如东海长流水，寿比南山不老松。村里倒是有一棵槐树，比任何活在世上的人，都要年老。人们路过的时候，总是怀着惧怕和敬畏。谁家出了不吉利的事，或者赶上倒霉年月，都要去祭拜一下，好像那棵槐树能够帮他们免灾，或者是槐树本身给他们带来了烦恼，需要求它发发善心。人们对带着几颗稀疏牙齿一年年活下去的张家奶奶，也是这样的惧怕和敬畏吧。怎么说，全村大部分孩子，甚至包括孩子的爹娘，都是经由她一双枯朽的手，来到这个世间的。尽管来到之后，有一半人，在困顿中艰难地熬着，熬到墙头坍塌了一半，还是没有熬上好日子。还有那么几个更倒霉的，半辈子连老婆都没有娶上。可是，这又有什么呢？哪个村子里的人，不是一天天在风雪地里走着，也不知会不会走到一个有温暖火炉的房间里去；可是，终归还在走着，还在呼哧呼哧地喘着这世上仅存的半口气。

雪来了一场又一场，张家奶奶家的窗户，都快被堵严了。

人从外面大道上路过，想瞥一眼张家堂屋里，又有谁来拜寿了，却什么也看不清楚。大雪以非得要从村庄里带走什么的气势，漫天地飞舞。张家奶奶板着一张脸，接受着一个又一个晚辈的祝贺。间或，她枯瘦的身体会剧烈地咳嗽起来，于是她背转过身，用手捂着皱缩的嘴，压抑着全身的颤抖。那口浓稠的痰，到底是吐出来了，可是，上面沾满了黑色的血迹。张家奶奶的儿女都吓坏了，赶着上来递水送茶。跪在蒲团上的人，尴尬地挺着一张脸，不知道该继续跪下去，还是起来送几句安慰。张家奶奶却撕下一张孙子的作业本，擦掉那口骇人的痰，淡淡一笑：一口命而已，有什么好担心的？这辈子，我在大雪天里，送走了多少人的命？

一屋子的人都讪讪的，不知道该说些什么。风夹着雪花，从门缝里嗖嗖地钻进来。又在一股浓重的酸腥味中，止住了脚步，融化在粗笨的木门旁边。

张家奶奶这一辈子，帮我们村里的女人们，堕掉了多少胎儿，大约连她自己都记不清了。那些大雪纷飞的夜晚，她踮着小脚，一个人走在路上，想着刚刚堕掉的那个胎儿，它已经有了人的模样，却尚未睁开眼睛，就被她无情地从子宫里刮掉，连一件衣服也没有穿，便丢进了坑里，并被冷硬的泥土覆盖，继而消失在大雪之中。张家奶奶想起的时候，一定有过惧怕吧？她杀掉了那么多的孩子，如果他们都活在这个世上，也已经娶妻生子，儿孙满堂地前来给她拜寿了；可惜他们命薄。如今，她在人间所有的气力，也已经耗尽，跟那些胎儿一样，即将前往另外一个世界。

或许，在我们的村庄里，也只有张家奶奶不惧怕前往另外一个世界。她掌管着全村人的生，也决定着尚未来到人间的婴儿的死。她的脸上，永远是一副生死不惧的表情，似乎她早就明白躺在棺材里，跟而今躺在床上一样，不过是换了一个地方睡去。所以她才气定神闲又略带不屑地对跪着的子孙们说：一口命而已，有什么好担心的？

张家奶奶的这口命，在这个冬天，却不是那么硬了。每个前去拜寿的人，都这样说。

只是千万别死在大年夜里，到时候谁愿意去挖坟埋了她，多不吉利？豆苗娘这样不咸不淡地吐出一句。

豆苗娘接连生了 5 个孩子，都是女儿，最后被村里强行拉去结扎，她才善罢甘休。但她却将生不了儿子的这口气，算在了张家奶奶的头上。好像那些经由张家奶奶的手生下的女儿们，全是张家奶奶半路使了坏，将她们传宗接代的"把儿"，给砍了去。豆苗娘每次都是在春天种下一棵芽，又在深冬收获一株草。张家奶奶也厌烦了她，若不是她阵痛的声音，隔着几条街都能听得见，她宁可充耳不闻，也不想前去接生。她似乎算准了豆苗娘这辈子没有生儿子的命，所以每次去，都是冷着脸、蹙着眉。也只有下一场大雪，会让她心情好一些，并在接生完后，回到家中，一个人对窗喝一小杯白酒，才对着窗外的大雪，长长地舒一口气。

那时，全村人都笼罩在一股热烈的过年的气氛中。人们忙着杀猪宰羊，裁剪新衣，置办年货。大道上的雪，便因此凌乱起来，满是歪七扭八的脚印。男人女人们像忙一件天底下最重要的事情一样，认真地忙着年。就连我们小孩子，也在街巷中奔跑着瞎忙，似乎，奔跑也是年的一个部分。

有的老人，缩在房间或者被窝里，哆哆嗦嗦地于大雪天中，熬着这个不知道是否能够熬过去的年。他们害怕雪天，似乎雪有着不祥的征兆。雪埋葬了整个大地，也将他们对于春天的希望，给埋葬掉。子孙们在雪天里是欣喜的，眼看着明年又是一场丰收。他们却怕，怕死在这一场素白之中。死也就死了，不外乎是一条命，但死在年关，却着实让人懊恼。

而掌管着全村人的生的张家奶奶，却无法掌控自己的死。每个前去走访的人，回来都要在自己家里絮叨一阵，怕是张家奶奶熬不过这个年了。说着说着，自然就扯到这大雪天里，如何置办丧事、如何参加丧礼、如何避开这股丧气。与张家奶奶近亲的，自然唉声叹气，说这个年是过不好了。不是近亲的，就替近亲们着急，不知道这个年如何才能过得去，好像年很长很长，要在大雪天里无休无止地走很久一样。大人们的愁事总是漫长无边，我们小孩子倒是不愁，况且死是什么，我们也不太明白，觉得人死了，跟猫死狗死鸡鸭死，似乎没有什么不同。唯一不同的，就是人死了会很热闹，全村人都会去看，也会参与其中，好像我们每个人都跟这个死去的人，有着非同寻常的关系一样。但谁也没有我们小孩子喜欢丧事，因为可以抢着将花圈送到坟地里去，从主人家挣上五毛钱零花钱。这可比喜事里吃一块糖开心多了，况且五毛钱能买多少糖块啊！那简直是我们自己开的一个小金库，不，是小金矿！可是，如果赶上大雪天，又是可以讨得到压岁钱的过年时节，这花圈我们就老不情愿去抢着抬了。想想吧，为了那五毛钱，可能要丢掉五块、十块压岁钱，这代价着实有点大。

张家奶奶就是在这样的儿女、亲戚、村人冷飕飕的抱怨声中，眼睁睁看着死亡一点点在大雪天里逼近她的床边。张家奶奶一定知道自己的这口命，是要在大年夜离开的。她也一定硬挺着，想要熬过除夕那一天。她不能死在大年夜里，死在喜庆的鞭炮声中，那样全村人都会怨恨她。于是她在人来拜访时，一定要挣扎着坐起，而且穿得干干净净的，连头发也梳得一丝不乱，似乎，她依然是那个掌管着我们出生的威严的使者，谁若是不敬，她就能将这个人，重新送进娘胎里回炉改造。我们是什么样子的，只有她有发言权。可不，那些光溜溜来到世间的村人们，谁敢在张家奶奶面前炫耀自己？谁炫耀都会招来她的鄙夷一笑。当然，张家奶奶的笑从来都不鄙夷，她的笑永远都是淡淡的、平静的、慈悲的，跟庙里菩萨脸上的表情一模一样。除了乖乖地跪在蒲团上磕个响头，道一声"您老人家寿比南山福如东海"，谁敢在这样的表情面前，造次放肆呢？而拥有这样高位的张家奶奶，又怎么能用死亡给自己高洁的一生，染上一点污渍？

她不敢。所以她一定要挺过大雪纷飞的除夕夜，要听见钟声在 12 点敲响，全村的饺子都扑通扑通热烈地跳进沸腾的锅里，快乐地翻滚。

可是，老天爷偏偏不让张家奶奶如愿。除夕那天，村子里灯火通明，一家一家较劲似的炸响着鞭炮。但在 12 点的钟声敲响之前，这样的鞭炮声不过是预热罢了。我们小孩子在巷子里跑来跑去，男孩在大道上比赛谁的"窜天猴"蹿得最高，女孩则争抢着看谁的"烟花棒"在夜晚最亮。"摔炮"也有趣，撞到对面墙上，便清脆地炸响。张家奶奶的院子位于村子的中央，于是她家的砖墙上，便满是摔炮的痕迹。就连沿墙根的雪地里，也插满了燃放完后的"窜天猴"，一根一根，像香台上的香，静默无声地瞪视着夜空。

同龄的根柱放得最欢实，他胆子大，敢把鞭炮拿在手里，点燃了捻子，还故意等捻子快要燃完了，才得意洋洋地扔出去，并在炸响的那一刻，享受来自同伴的欢呼。他起初专往雪地里扔，后来不知怎么的，想要恶作剧，扔到人家院子里去。他第一个扔的是来福家，来福老实巴交，只在家闷头学习，大年夜也不例外。来福叔叔痴傻，奶奶年迈，来福爹又好脾气，所以一个响鞭扔进去，院子里除了来福爹吓得"哎哟"一声，就没了别的动静。根柱于是在我们的叫好声中，越发得意起来，小响鞭一个紧挨着一个扔进人家的院子里、猪圈里，再或屋顶上。扔到兴头上，他两个鞭炮同时甩进了右手边的院子里，那里住着的，是费了九牛二虎之力才将根柱从娘肚子里拽出来的张家奶奶。

鞭炮炸响之后，院子里紧跟着响起的，既不是张家奶奶骂人的大嗓门，也不是张家子孙的惊吓声，而是一声响亮的哭声。那哭声在雪夜中格外凌乱，好像一挂乱了阵法的鞭炮，忽高忽低地在半空里炸响，一会悠长，一会急促，忙乱不休。这完全在根柱的意料之外。我们起初也都以为鞭炮落到了张家人的脑袋上，挂了花，心里为根柱一阵紧张。但随后哭声大了起来，而且没有休止的意思，一群孩子便慌了神，纷纷收拾炮仗跑回了家。根柱当然也乱了阵法，将手里的鞭炮朝雪窝里一扔，便踏着我们的脚印朝家狂奔。

母亲正围着炉子炖菜，看见我气喘吁吁回来，便张口训斥：大过年的，跑这么慌干吗？还少了你一口饺子？

我呼哧呼哧地喘着气，过了好大一会，才结结巴巴地说：娘，根柱……把……张家奶奶全家……炸得……哭起来了……哭个不停……

啥？！母亲瞪眼看着我，她的脸上，起初是迷惑，继而是震惊。

你这孩子，大过年的，胡说八道什么？！

我有些委屈：他们全家……真的……哭起来了……不信你去听听……

母亲果真打开房门，侧耳倾听。可是，她听到的，是12点的钟声，一下一下地响起来。继而震耳欲聋的鞭炮声，包围了整个天地。

村庄在夜色中震颤了一下，而后便消失在纷纷扬扬的大雪之中。

还不去下饺子啊！从门外点燃鞭炮跑进来的父亲，朝母亲大喊。

母亲呆立在将整个世界都包裹住的一片莹白中，一句话也没有说。满天炸响的烟花，照亮了她苍白的脸，我看到一滴饱满的眼泪，从她的眼角倏然滑落。

那一年的除夕，张家奶奶"蹬腿"的消息，比"窜天猴"还要快地抵达了每一家的庭院。在张家奶奶的儿孙们忙着给她穿孝衣的时候，沾亲带故的人家也面露忧烦，不知该如何协调走亲访友和置办丧事的关系。若在平日办个丧事，如果主人家不来"打扰"，心里是要存一肚子气的，这气一整年也不能消散，疙疙瘩瘩的，或许一辈子都得记着这点仇。可现在是喜庆的大年，别说是亲戚，就是火化场里给很多钱，怕也没人愿意靠近焚尸炉。况且奔丧完去谁家走亲戚都不高兴。但凡出生或者生孩子时，接受过张家奶奶"洗礼"的，自然也要随份子，去吃这场"白事"。想到原本应该欢天喜地拖着自家孩子走亲访友挣压岁钱，却被张家奶奶的"魂"给揪扯着脱不了身，便老大不高兴。可是不高兴还不能表现出来，于是只能在守岁的除夕，叹口气，抱怨一句：不早不晚，怎么偏偏赶在这时候？

作为张家奶奶的"关门弟子"，母亲自然不能这样说。她的忧愁显然更为真诚。她甚至因为张家奶奶将接生这件伟大事业传承给了自己，若自己将来死的时候，同样不懂礼数，遭人抱怨，而忧心忡忡。于是她便将一碗饺子全端到香台上去，供奉给魂灵正在升天的张家奶奶。

很快，纷纷扬扬的大雪将饺子覆盖住了。我几次用棉袄袖子擦拭房门上的玻璃，透过黑黢黢的夜色，看那碗饺子是否真的被成了鬼魂的张家奶奶给吃掉了。可是，那里始终是一碗冒尖的白雪，在越来越稀疏的鞭炮声中，孤独静默地站着。

大年初一，张家奶奶家门庭冷落。每个走在雪地里去拜年的人，途经门前，都下意识地歪头看一眼。院子里空空荡荡的，连一只麻雀也没有，好像它们也知道此时来这个庭院，一年的好运都将丢掉。在经过了一夜的悲痛之后，张家奶奶的儿女们已经能够控制自己的悲伤。于是被雪覆盖的庭院里，便静悄悄的，有着一种寻常的质朴。似乎生活并未因此发生任何改变，一切都在白色的背景上缓慢流淌，鸡在打鸣，鸭在踱步，狗在雪地上追逐着鸟雀，干枯的树枝将影子投射在低矮的泥墙上。这是新的一天，与过去无数个时日，并未有多少区别的新的一天。

熬过了这一个年节的老人们，心怀着侥幸，感谢老天让自己多活了一个年头。尽管，有可能过了十五，也跟张家奶奶一起，去阎王那里报到；可是，终归是跨了年头，没有给儿女带来多少拖累，也不曾让他们像张家奶奶的子孙们那样为难。所以留下来的老人，便穿了簇新的衣服，打起精神，迎接着一拨又一拨晚辈们的磕头祝寿，并顺便与人感叹一下张家奶奶死不逢时。

整个村子都在隐秘地颤动着，为张家奶奶带来的这一棘手的事件。如果不与张家奶奶的子孙们同住一个村子、一个巷子，或者紧挨着一堵墙，人们怕是要奔走相告起来。在一场雪都能够让村庄兴奋的枯燥的冬日，一个人的死亡，尤其像张家奶奶这样掌管着全村人"生"的元老的死亡，更为无聊的生活，注入了一股新鲜的"鸡血"。

三天后，张家奶奶的骨灰盒，穿过走亲访友的热闹人群，被子孙们悄无声息地抱了回来。而唢呐班子与葬礼队伍，也稀稀拉拉组建起来。不知是因为下雪，还是大家都在忙着走亲访友，张家奶奶出殡的这天，人烟稀少。每一个顶着雪花去吊唁的人，都低着头，弓着腰，紧缩着身子，偷偷摸摸的，好像要去做什么见不得人的事。当然，如果不是红白喜事欠下人情，没有人会在喜庆的年节里，去参加一场葬礼。所以去还人情的，也便猫一样潜入张家奶奶的庭院，又溜着墙根侧身出来，

飞鸟
与河流

走上一段，与那断断续续、不怎么起劲的唢呐声离得远了，才长舒一口气，似乎卸掉了一个很重的包袱。

黄昏的时候，张家奶奶出殡。出门看的人，越发得少。就连那些平日里争抢花圈抬的小孩子们，也好像消失掉了。整个村庄安静得如同在大雪中睡了过去。不，是死了过去。人的呼吸，也变得微弱起来。大地上的一切，都在雪中肃穆着，似乎它们更懂得一个人死去的悲伤。风在暮色中呼呼地吹过来，那些一路洒落的土黄色的纸钱，便在村庄的上空飞舞。人踩着雪，咯吱咯吱地走在其中，会内心惊惧，好像张家奶奶的鬼魂，从冰冷的坟墓里飘了出来，并随着满天的雪花，飞进每一个庭院，而后隔着紧闭的门窗，永无休止地敲击着，拍打着，叩问着那些隐匿在房间里的人。

没有人给她回答。

只有雪，漫天飞舞的雪，覆盖了整个的村庄……

飞鸟

环绕着村庄的，是一条连接大道和田野的沙石小路。我甩着一根柳枝，一个人漫无目的地走着。

没人有工夫搭理我。麦子正在拔节，爱说闲言碎语的人们，也纷纷闭了嘴，扛起锄头去自家地里挖草。草比任何庄稼都长得疯狂，好像它们天生悲观，知道时日不多，又有被随时干掉的危险，于是但凡有一丁点泥土、阳光和雨露，便发疯般将根深深地扎下去，又把枝叶无限地向着半空延伸。甚至连每天都有人走来走去的沙土路上，也被马蜂菜占领了地盘。自然，蚂蚁、瓢虫之类的也混迹在草丛里，爬上爬下，穿梭来往，忙得不亦乐乎。如果这时候我能够像孙悟空一样跳到半空里去，一定会看到整个村庄都在阳光下忙碌不休。鸡鸭牛羊在忙着吃食和上膘，男人女人在忙着锄地和播种，庄稼和果树在忙着生长，就连弟弟这样的小孩子，也在大道上忙着打打杀杀。

看上去，村庄里似乎只剩了我，还有枝头的鸟儿，无所事事地在大地上游荡。我也不知道自己要走到哪里去，我只是循着一只布谷鸟遥远辽阔的叫声，朝村子的东边一直走，一直走。

在所有的鸟叫声里，我最喜欢布谷鸟的声音。那能穿越无数个村庄的"布谷布谷"的歌唱，好像来自永远无人能够抵达的茂密的森林，那里道路险峻，野兽出没，群鸟翱翔。它们是大地上的精灵，只需一声辽远的呼唤，就将万物瞬间推进热烈的夏天。村庄里对农事再愚钝的人，听见布谷鸟从大地深处穿越而来的叫声，都会下意识地抬头，看看云蒸霞蔚的天空，自言自语地说一句：麦收就要到了。

　　但我不关心麦收，那是大人们的事，我只想寻找一只布谷鸟。它的叫声让我在春天里觉得忧伤。它究竟在呼唤什么呢？一声一声，那么执拗。好像它生在这个世间的所有使命，就是为了追寻一些什么。

　　大路的两边，是粗壮的杨树，也不知是什么年月种下的，一棵紧挨着一棵，枝叶相触在云里，形成两堵绿色的墙，风吹过来，墙便涌动起来，发出哗啦哗啦的声响，像有千万只手，抚过静寂的江河。如果我变成一条小小的蚯蚓，一头扎进大地的深处，一定还可以看到这两排高大挺拔的杨树，它们遒劲有力的根，正热烈地缠绕在一起，用力地从泥土里吸取着浓郁的汁液。这是地下暗涌的河流，沉默无声，却又浩浩荡荡。而在更高的风起云涌的地方，正有布谷鸟苍凉的鸣叫，从巨大的虚空中，一声声传来。

我发誓要找到那只布谷鸟，问问它究竟来自何处？为何每年的春天，都要飞到我们的村庄，站在我从来都追寻不到的地方，悲伤地鸣叫，好像它曾经在这里，丢掉了自己的魂灵。

我一直一直走，穿越疯狂拔节的无边无际的麦田。最后，我走到了与邻村交界的河边。那条河叫沙河，每年的秋冬时节，它都会枯萎断流，裸露出河床。于是，惨白的太阳下，遍地都是孤寂的沙子。我不知沙河从哪里来，又最终抵达何处。反正很久很久以前，它就环绕住了村庄，成为所有小孩子被捡来的地方。

我问母亲，娘，我从哪儿来？

从沙河里捡来的。母亲顶着满头的豆秸碎屑，漫不经心地回复我。

弟弟也问，那么我呢？

当然也是从沙河里捡来的。母亲拍打拍打围裙上的白面，随口应付弟弟。

姐姐朝锅底下撒了一把棉花秸，不屑一顾地"哼"了一声。她已经 16 岁了，不懂得死，却朦胧地知道了生。她从骨子里瞧不起我和弟弟，就像我从骨子里，对一字不识的弟弟，也充满了鄙夷。

此刻，我站在沙河边，看到水正欢快地从某一个遥远的地方奔来。这是春天，大地早已解冻，河水在阳光下闪烁着耀眼的光泽，那里一定漂浮着晶莹的冰粒，在冬天历经漫长的跋涉，依然没有融化的冰粒。因为当我蹲下身去，将手浸入河中，我立刻感觉到沁骨的凉。那是来自源头的凉。我想如果我能一直逆河流而上，一定可以寻到一个了无人烟的地方。在那里，村庄停止了脚步，炊烟灭绝了印记，一切声音消失不见。无边的河流正从神秘的山谷里喷涌而出。而在山谷的上空，我会看到那只穿越无数的时空，最终抵达我们村庄的布谷鸟。

可是，我却停在邻村的对岸，再也没有向前。

那时，黄昏已经降临，田野里吃草的牛，正哞哞地呼唤着孩子，跟它一起回家。村庄被夕阳环拥着，宛若襁褓中天真微笑的婴儿，向着世界毫无保留地袒露纯真与赤诚。邻村的街巷上，女人们正穿梭来往，寻找着一天没有着家的儿子，或者男人。一群鸭子拍打着湿漉漉的翅膀，排队走上岸边。河水缓慢下来，大约奔波了一天，它们也觉得累了，需要安静地休息一晚，才能在黎明的微光中，继续奔腾向前。

而那只鸣叫了一天的布谷鸟，始终没有出现。

我到家的时候，弟弟正坐在院子里，就着黄昏最后的光，用铅笔刀专心致志地削着一根拇指粗的树杈。母亲喊他吃饭，一连好多声，他都没有回应。他完全沉浸在他伟大的事业里，尽管我并不明白，他将一根树枝削得溜光水滑，究竟要做什么。

不过我并不关心他的事业，我一心想着那只此刻已经了无声息的布谷鸟，它究竟栖息在哪儿；于是闷头喝粥的时候，听到一群麻雀蹲踞在枣树上，偶尔发出的鸣叫，我很想跑出去，再次寻找布谷鸟。我从未在人家庭院里遇到过布谷鸟，它们只在田野里发出苍凉的叫声。那些风雨交加的夜晚，它们隐身于何处，来遮挡风寒呢？它们是不是惧怕人类，或者与人类有过误解与隔阂，所以才从不肯像燕子和麻雀那样，在人家的庭院里、屋檐下，甚至房梁下，建筑巢穴？

没有人回答我的问题。也没有人觉得一只布谷鸟的来与去、生与死，是什么值得关注的大事。对于父母来说，锄草与打农药，是当下最为紧迫的活计。姐姐早已脱离了我与弟弟的行列，就像脱离了低级趣味的高尚人士。弟弟混迹于脑袋后留着"八岁毛"的小团体，每天在村庄里狂奔呼号。只有我，被姐姐们孤立，又找不到喜欢胡思乱想的同伴，于是只能在夜晚来临之后，坐在安静的院子里，静听一只又一只昆虫的歌唱。在这催人入睡的叫声里，偶尔也会蹦出一两声蛙鸣。青蛙当然是在院墙外的，它们和布谷鸟一样，始终与庭院保持着距离，除非是误闯入院墙。一只青蛙最理想的栖息之地，当然是水塘、河边、田地，或者草丛。那么布谷鸟呢？我在院子里见过慌张逃走的青蛙，却从未在任何一棵树上，见过布谷鸟的身影。我甚至怀疑很少走出过村庄的母亲，和只知道低头侍弄庄稼的父亲，也不曾见到过布谷鸟。尽管，村庄里每一个人，包括傻子和婴儿，都熟悉那种响彻山野的"布谷——布谷——"的叫声。可是，它们究竟隐藏在哪儿呢？除了我，似乎再没有人关心这个问题。

弟弟胡乱扒了几口饭之后，依然低头忙着削他的树枝。经过一个晚上的埋头打磨，我终于弄清了他的意图，原来是要做一个不知用来射人还是打鸟的弹弓。村子里差不多每一个像他这样大的男孩，都有一把弹弓，用榆树或者柳树的木叉，外加一根从旮旯里翻出的废旧自行车车胎，便能够百步穿杨。

你做弹弓打什么？我瞪他。

就是玩。他正打磨得带劲，听见我问，怯怯地回了一句。

哼，你肯定是跟着别人行凶，打了麻雀烤着吃！我一口咬定。

没，我……最怕吃麻雀了……他红着脸为自己辩解。

还狡辩！蚂蚱、青蛙、豆虫，你比耗子还厉害，逮啥吃啥！

弟弟终于在铁打的罪行面前不说话了。他低着头，用力刮着弹弓的手慢了下来。他并不敢直视我，但我却感觉到他的视线，落在了我的球鞋上。他就这样心不在焉地为他的武器做着最后的打磨，然后在我终于懒得搭理他，转身离开的时候，"哎哟"叫了起来。

我看见一滴鲜红的血，从他的左手拇指上涌了出来，并渗入新鲜的、刚刚刮掉树皮的榆木弹弓上。

我本想骂他一句"活该"的，看他疼得龇牙咧嘴的样子，便忍住了。母亲正绣着花样，扭头看见，叹了口气，去院子里掐了一小片芦荟丢给他。弟弟将芦荟叶子细细捻着，很快有黄褐色的汁液滴落在伤口上，那殷红的血，慢慢就淡了颜色。但滴落在弹弓上的血，却渗透进去，变成难以去除的暗红色印记。

天慢慢热起来了。正午的时候，整个村庄的人都陷入昏睡之中。就连我家房梁下的两只燕子，也倦怠了外出觅食，早晨象征性地去田野里闲逛一圈，便从院墙外嗖一声飞回房梁下的窝巢。那巢是去年建下的，我以为过了一个冬天，它们会忘了这个北方的家；父亲还爬上梯子，仔细察看了一下窝巢的硬度，并跟母亲商量，如果春天它们不来，就铲掉这个有碍观瞻的窝。但暖风一吹，燕子们就千里迢迢地从南方赶了回来，比任何亲戚都更惦念着我们。母亲于是说，看在它们这么有仁有义的份上，还是算了，留下给它们当个家吧。

于是这两只形影不离的燕子，便名正言顺地成为我们家的一员。以至于母亲每天午睡之前，都会抬头看一眼房梁，如果那里正有两只燕子依偎在一起，她才会放下心来。倒是我们姐弟三人，流落在村庄的哪个角落，有没有吃上热饭，她当街喊叫一阵，见没有回音，便骂一声娘，将我们忘在了脑后。

弟弟的弹弓，当然不会射向这两只恩爱的燕子。他还算有心，会在院子里放一个盘子，里面盛放一些他从地里捉来的豆虫、蚂蚱之类的美味，以便让燕子食用。可惜，鸡鸭们按捺不住，盘子刚刚放下，它们便一哄而上，将虫子抢个精光。后来弟弟学得精了，将碗放到香台上，这样鸡鸭们就只有遥遥仰望的份。但那两只燕子并不领情，即便外出觅食空手而归，也不靠近盘子半步。这样的清高，倒有些像永远都在野外鸣叫、从不现身庭院的布谷鸟。

因为弟弟的这点良善，我便网开一面，放任他每天提着弹弓，在村外的小路上游来晃去。他射杀一切感兴趣的东西：树叶、花朵、苍蝇、蝗虫、蚂蚱、麻雀、鸽子。我在路上遇到过他。他一个人隐在一棵粗壮的柳树后，眼睛犀利地注视着茂密枝叶间某个闪闪发光的地方，那里正有一只麻雀，在欢快地叫着，丝毫没有注意到步步逼近的危险。麻雀是乡下最不值得怜惜的鸟，于是我白他一眼，就走开了。

片刻后，我听到一声惨叫，那叫声不是来自麻雀，而是弟弟。因为技术不佳，石子击在了树干上，又迅速弹了回来，并落在弟弟的手臂上。那枚锋利的石子，当然不会轻饶了他。而他的惨叫，也惊动了那只怡然自得的麻雀，让它迅速地飞离，隐没在有万千细碎的金子跳跃的稻田里。

我忍不住哈哈大笑起来，一边笑，一边投给弟弟一抹比石子还要尖锐的嘲弄的视线。他当然不敢挑战一个姐姐的权威，于是继续凄凄哀哀地咧着嘴，揉着青紫的胳膊，转身向附近的树林走去。

夏天还未到来，树林就已成为男孩们的天下。他们在里面猴子一样爬上爬下，用木头做成的手枪激烈地战斗，在附近的沙窝里掏个坑，架起树枝来烤麦穗吃。当然，他们还会烤麻雀或者肥硕的蚂蚱、豆虫。弟弟经过了一段时间的单打独斗，很快意识到自己力量薄弱，必须加入群体作战，才会有所收获。不过也或许，他想蹭别人的劳动果实。反正他被我嘲笑过一次后，便不再孤魂野鬼一样在乡间大道上游荡。

找到组织的弟弟，果然如鱼得水。母亲让我唤他回家吃饭，我只需站在树林边上，大喊他的名字即可。他很快从密林深处蓬头垢面地钻出来，黑着一张刚刚吃过什么的嘴，也不跟我说话，只扭头朝家里跑。

给我站住，你今天又吃麻雀了吧！小心嘴头子烂掉！我在后面冲他喊。

我还试图吓唬他，吃了麻雀人会死掉的。可是他早已在队伍里习得了大量的知识，不再轻信我的恐吓。他甚至在我大呼小叫的时候，还会笑嘻嘻地回头，朝我扮个鬼脸。

不远的地方，麦浪正在风中涌动，大地悄无声息地酝酿着一场铺天盖地的金黄的风浪。而这场风浪，是一只我从未见过、却又无处不在的布谷鸟，一声一声呼唤来的。

在麦收开始之前，弟弟每天都提着弹弓外出。有时他自己一个人，有时与一群狐朋狗友。布谷鸟的叫声，越发地响亮、频繁，似乎它们就近在咫尺。那叫声催得人心慌，至少让大人们着急起来，好像一场大战即将来临。我们学生也躁动不安，为即将开启的麦假。十天的假期，当然不是用来玩耍的，而是给父母烧水、做饭、看麦场、打下手的。只有弟弟这样毫无用处又让大人们觉得碍事的小孩子，才会有闲情逸致，每天在乡间小路上四处摇晃。他已经可以很熟练地使用弹弓，看到眼前飞过一只苍蝇，会气定神闲地掏出石子，迅速断其性命。那把沾染过他自己鲜血的弹弓，究竟打死过多少苍蝇、飞虫、青蛙或者麻雀，我并不清楚，但从他看到麻雀时，贪婪地咽下口水的细微动作上，我知道，他已经迷恋上了这种杀生的游戏。

我忽然间有些恐慌，在一声声激荡鼓膜的"布谷——布谷——"的叫声里。我怀疑我还没有来得及见到那只神秘的布谷鸟，弟弟和他的伙伴们，就将其残忍地射杀在旷野之中。

到底有多少只布谷鸟，在村庄里啼叫呢？我数不清。但我总是固执地认为，所有的叫声，都来自同一只布谷鸟。每年的春天，它都从遥远的南方，飞越几千里，抵达我们的村庄，只为催熟铺天盖地的麦浪。而一旦使命完成，它就消失不见。没有人知道它们去往何处，就像无人知晓它们来自何方。它们从不像麻雀或者屋檐下的燕子，喜欢扎堆生活。它们总是孤独的一只，在广袤的平原上，在无人注意的高高的大树上，发出悲凉的鸣叫。老人们说，布谷鸟是一个苦命的女人，因被人虐待，哭泣而死，后化身为鸟，在死去的春天里，日日悲鸣。

我想哪一天我见到布谷鸟，一定要跟它说一会儿话，问问它为何如此悲伤。可是，我又去哪儿寻找它呢？我总怀疑循着它的声音，走到天涯海角，也不能够与它相见。它是一只多么孤傲的鸟啊！

可是，弟弟越发冷血的表情却告诉我，他知道布谷鸟的所在。至少，他曾经发现过一只飞翔的布谷鸟，见识过它的样子。他嗜血的眼睛里，写满了我想要的答案。

我忽然很想跟踪弟弟，就像弟弟跟踪一切他能射杀掉的飞禽鸟兽一样。我相信沿着他的足迹，一直走，一直走，就一定能够抵达我想见到的布谷鸟的家园；那与依恋人类房檐的燕子们所居住的窝巢，完全不同的世外桃源般的家园。

是的，布谷鸟是一种活在虚空中的鸟。它们的声音，日日可以听到，却又遥远到好像来自天边，或者另外一个世界。我从未见过它们像麻雀那样，成群结队地呼啦啦飞过天空，或者瞬间黑压压地吸附在一整面墙上。我总怀疑麻雀离开了队伍，会惊吓而死。它们就是去偷食人家晾晒在席子上的麦子，也要集体出战。于是人看到了，就张开双臂，发出"呜"一声喊叫，将它们轰跑。燕子不太扎堆，但它们三三两两地出行，电线上很少会有一只燕子蹲踞在那里"独奏"，三根细长的电线上，总有四到五只燕子，彼此隔着半米的距离，安静地遥望着远处的大地与山林。鸽子更不用说了，它们早就习惯了人类圈养的生活，能准确地辨识回归狭小鸽笼的路线，即便是千里迢迢送信，数月后再回，依然不会迷失方向。

只有布谷鸟，它们提醒着日渐丰腴成熟的大地，提醒着人类对于五谷丰登生活的向往，却始终与人保持着距离。似乎，传说中生而为人的布谷鸟，在受尽了人间的苦痛之后，再不肯信任人类，于是化身为鸟，高高飞翔，并用这样的姿态，保持着对这片曾经眷恋的土地，若即若离的忧伤。

　　可是，人类并不因此而放过它们。很显然，弟弟与他的同伴，在布谷鸟辽远到可以穿透一切尘埃的啼叫声中，忽然生出了好奇，想要知道这样一种鸟，究竟与麻雀、燕子或者鸽子有什么不同。于是他们掉转了弹弓的矛头，用袖子胡乱地擦擦嘴上残留的吃烤麦穗留下的黑色印记，在日头盛烈的正午，大人们都昏沉睡下的时候，满怀着无处发泄的热情，开始了寻找一只布谷鸟的旅程。

　　而我，坐在偶尔有一两声蝉鸣漏下的庭院里，侧耳倾听着从太阳升起的地方传来的布谷鸟的鸣叫，忽然生出强烈的预感：早晚，它们中都会有一只，惨死在弟弟和他的同伴的弹弓之下。

　　这让我绝望。在这个村庄里，难道只有我认为，布谷鸟的叫声，是来自生命深处，来自大地深处，来自我永远不会抵达的神秘的山林深处吗？难道所有人都是瞎子，只埋头于田地的耕种与收割，而丝毫不关心一只鸟来自何方，栖息何处，又老死在哪一个角落吗？难道它们不是属于村庄的一个部分，不是抚慰了春种秋收所有人间烦恼的精灵吗？

整个村庄都在烈日下沉沉睡着，没有人听到我的心正不安地跳动。在村人正午短暂的睡梦之中，就连唤醒大地的布谷鸟的声音，也无法进入。所有的人，都陷入短暂的死亡。除了弟弟。

弟弟是一个人悄无声息地溜出家门的。我听见他的脚步声，幽灵一样消失在南墙根下。一只猫不知是不是做了噩梦，忽然从陈年的麦秸垛上跳了下来，但很快它又神秘地消失掉了。院子重新陷入安静之中，可以听到一只蚂蚁屏着呼吸踩过一片树叶的声音。一只麻雀啪嗒一声将"天屎"遗落人间。父亲在床上翻了一下身，嘟囔一句什么，又打着呼噜睡去。我回身进屋，躺在凉椅上，看着房梁下两只眯眼睡去的燕子出神。窗外，布谷鸟响彻大地的鸣叫，正一声一声传来。

我在这样的叫声中，想象弟弟带着威严的弹弓，一脸孤傲地游荡在田野里。风一阵一阵地吹过来，撩拨着他脑后细长的"八岁毛"，也撩拨着他嗜杀的欲望。这一次，他想要射杀的，不再是随处可见、永远也消灭不尽的麻雀，而是从未现身，却将叫声传遍整个北方的布谷鸟。

我做了一个噩梦。梦里滴落在弟弟弹弓上的那些已经发黑的血迹，忽然间变成红色的暴雨，弟弟在没有遮掩的大道上，疯狂地奔走呼号，却始终没有人前来相救。天地间除了呼啸而至的血雨，就是穿透重重红色雨幕的布谷鸟的悲鸣，复仇一样的悲鸣……

我很快从梦中惊醒。窗外依然是燥热的，天空有些阴沉，好像真的要有一场红色的血雨，倾盆而下。我擦擦额头的冷汗，忽然想去寻找弟弟。

我走遍了整个村庄，又将东西南北四条大道，都飞快地搜寻了一遍，我还爬到高高的土坡上去，俯视起伏的麦田，试图在麦浪中发现苍蝇一样隐匿的弟弟。我又穿过无边的苹果园，寻找那双瘦弱的小腿。可是，我一无所获。

事实上，整个村庄，都陷在沉入湖底一样深深的睡眠之中。那些平日里跟弟弟呼来喊去的男孩们，此刻也正在自家的床上，四体横陈，呼呼大睡。

"布谷——布谷——"那嘹亮的叫声，又响起来了。我忽然忆起寻找布谷鸟未果的那个午后，我想我要跟随着这只杳无踪迹的布谷鸟的鸣叫，一直走，一直走。只要跨过那条河流，我一定可以找到梦中哀啼的布谷鸟。当然，更能找到在血雨中呼号的弟弟。

我最终在一大片桑园旁边，遇到了弟弟。

桑园距离沙河，只有百米之遥。有邻村的女人，踩着石头蹚过河来，去村头哑巴家买黄豆芽。又有男人去白胡子家的小卖铺，采购几把镰刀，或者捎一块磨刀石。来来往往的路人里，只有一个弓背的老头，赶着一头黑牛，闲闲地扫了一眼蹲在地上的弟弟。

可惜了一只布谷鸟，叫得好好的，一个石子过来，就没了命。

老头自言自语地一边嘟囔，一边挥一下手中的鞭子，以便让那只试图钻进桑园的黑牛，回归正道。

而片刻前还一脸迷惑的弟弟，忽然就在这句话之后，惊慌起来。

弟弟想要逃走，却一起身，看到幽灵一样站在身后的我。

姐姐……我……想打一只毛毛虫……却……

弟弟涨红着一张脸，支支吾吾地，想要解释一些什么，最后却被我冷冷的逼视，给吓住了。就连他的"八岁毛"，也惊在了半空。

忽然，半空中一阵喧哗。我抬头，见一群鸽子正呼啦啦路过，朝炊烟缭绕的地方飞去。

就在我仰头注视着鸽子飞过天空中大片大片晚霞的时候，弟弟已经随着赶牛的老头，一起消失掉了。

我蹲下身去，久久地注视着那只寻找了很久的布谷鸟。它已经奄奄一息，眼中带着知晓自己将不久于人世的哀伤，麻灰的身体在轻微地颤动。它小小的脑袋，枕在一块坚硬的石头上。我轻轻地将石头挪开，那上面已经沾染上红色的印记。它的脑袋，很快地低下去。它在这个世间最后的力气，就是那样平静的、孤独的，看我一眼。

沙河的水，依然在哗哗地向前流淌。这是村庄最普通的一个黄昏。牛在大道上哞哞地叫着回家，粪便从它们的身后，热气腾腾地落下来。女人们也在热烈地叫着，呼唤她们的"牛犊"们吃饭。夕阳将扛着锄头的农人的影子，拉得很长很长。

没有人为一只布谷鸟的死亡，觉得悲伤。

一切都在喧哗之中。这让人无法喘息的喧哗。

河流

　　一条河，要走多远，才能抵达一个遥远的村庄呢？会像一个人的一生那样长吗？或者像一棵树，历经成百上千年，依然向着它未能抵达的天空茂密地生长。再或是从大地的深处，从某个神秘的山谷里，流溢而出，又穿越无数个村庄，途经无数的森林，才成了某一个村庄里的某一条河流。也或许，一条河与一个村庄，是上天注定的爱人，它们未曾相见，却早已相恋，于是便用尽了平生的力气，去完成这一场浪漫的相遇。

　　而不知来自何处的沙河，就是这样爱上我们村庄的吧？没有人知道沙河来自何处，又流向哪里。村庄里最年长的人，也只能模糊地说出沙河所流经的村庄，除了我们的孟庄，还有邻近的张庄、李庄，或者王庄。这些村庄的名字，如此平淡，质朴，如果我可以飞到天空上去，俯视这一片被沙河穿行过的大地，一定会看到那些大大小小的村庄，有着几乎千篇一律的容貌。它们被一块一块整齐划一的农田安静地包裹着，像是一头头蹲踞在地上悠闲吃草的黄牛。那一栋栋紧靠在一起的房子里，有炊烟袅袅升起。是这些有着浓郁烟火气息的炊烟，让大地上面目模糊的村庄，变得灵动起来，不仅有了生机，还有了温度和一抹让人眷恋的柔情。而那条从未知的远方浩荡而至的河流，或许在每一个村庄，都有一个不同的名字，人们将它流经的那一段，当成自己村庄的一部分，至于这一条河流在另外的一些村庄，或者旷野和荒原上，有怎样的故事，又历经怎样的曲折，都无关紧要，在时间的汪洋中，它们最终化为人们口中的传奇。

就像环绕着我们村庄的沙河，因为河底的沙子太多，冬天断流后，会裸露出全是黄沙的河床，便被扛着锄头经过的某个老人，很自然地称为沙河。夏日的傍晚，躺在席子上仰望浩渺星空的孩子，会好奇地追问与银河一样神秘的河流的传说。摇着蒲扇倾听虫鸣的老人，总会顺口扯一段关于沙河的故事。在那些闪烁着迷幻光泽的讲述里，每年暴雨如注的七月，沙河都会有妖怪在雷雨夜腾空而起，张开猩红的大嘴，将某一个河边走路的行踪诡异的男人或者女人，不等他们发出一声划破村庄的尖叫，便瞬间吞进腹中，并在一阵弥漫起的黑色烟雾中，消失不见。清晨醒来，人们只在河边草丛里，发现一双凌乱摆放的鞋子，那鞋子也仓皇失措，东一只西一只，展现出曾经试图带主人逃离深夜恐怖现场的努力。而在依然朝着远方动荡流淌的沙河中，总会有蛛丝马迹，比如一丝布条、一绺头发，或者一块头巾，在此后的某一天，忽然间出现在人们的视线中，让这一则关于河妖的传说，枝蔓变得更为曲折芜杂，最终成为村史中的"天方夜谭"。

至于那些河床上永不枯竭的黄沙，在老人们的讲述中，也自有一股缥缈的仙气。传说沙河边住着一位勤劳善良但家境贫寒的年轻人，日日靠卖茶为生。一日，有仙风道骨老人路过，品茶后指点年轻人说，每年七月十五日月圆之夜，桥下石板旁就会有一小洞，溢出金子，但每次只能取一年所用，切勿贪心。年轻人谨记教诲，一连取了十年，并用这些钱娶妻生子，过上殷实生活。后来有一天，年轻人突发奇想，若能一次取够十年所用，就无须如此费事，也不用辛苦再开茶馆。于是在这一年的七月十五日，年轻人又趁夜深人静，前来淘金。就在他兴奋地将金子装了又装，周围忽然起了滔天大浪，将他连同手中的麻袋一起席卷进去。而那个盛放金子的洞口，也随即消失不见。就在当年的冬天，裸露出的河床上，遍地都是黄沙，它们犹如闪烁的金子，提醒着村人，这里曾经发生过一场与贪欲搏斗的战争。这一则惊心动魄的故事，总是在摇着蒲扇的老人们教化似的叹息中结束：人啊，见好就收，可不能贪心呐！

无数个飘着炊烟的日子里，村庄里的人们，并不会记得那个被贪欲葬送在沙河里的年轻人。生老病死，悲欢离合，日日在沙河的两岸上演。从沙河对岸的村庄嫁过来的女人们，常常像月经一样，定期地发作她们内心对于生活永不枯竭的欲望。不过是隔着一条不太宽阔的沙河，站在自家的平房上，甚至能够看到娘家屋檐上停落的两只鸽子，或者一排飘摇的茅草。黄昏，暮色四合，还有女人沿街呼唤孩子回家吃饭，那孩子或许就是本家的侄子，出嫁的时候还曾给她抱过鸡的；她还记得他怀里的公鸡很是不安，又受了惊吓，着急中拉下一泡热气腾腾的屎。但对于女人，沙河依然像银河一样，将她与做女儿时的幸福时光，面无表情地切割开来。除非逢年过节，因为忙碌自家的琐碎生计，村里的女人们很少会跨过河，到娘家空手走上一圈。回娘家，那意味着需要郑重其事地提一书包不显寒酸的礼物和一箩筐准备好的漂亮话，才能跨进家门。否则，那将会给以后的交往，带来揪扯不清的烦恼。那些烦恼像盖了多年的棉被，里子上起了毛球，在冬天的夜里，摩擦着粗糙的肌肤，让人辗转反侧，无法入眠。

母亲过沙河的次数，却是比别人要多一些。她所嫁的男人，也就是我的父亲，生性暴躁，两人常常一言不合，便争吵起来。更多的时候，父亲会操起手头所有能够触及的家伙，比如棍子、笤帚、腊条，或者茶杯、碗筷、镰刀，跟母亲真刀实枪地打起来。直到院子里狼藉一片，水缸砸出了大洞，水流满了天井，碗和茶杯的碎片四处飞溅，进来看热闹的村人，要小心翼翼地躲开那些残片，才能不被扎伤。

被很多人围观后丢了颜面又被父亲冷战半月的母亲，她能去哪里倾诉这所有生活中的烦恼与哀伤呢？她只能穿过沙河，去邻村寻找自己的姐姐。那里是她的娘家。尽管，她在 17 岁那年，就已经失去了娘亲。我从未见过姥姥，她在我的心里，始终是模糊的一团，即便想象，也完全没有轮廓，是一片大雾遮住深山一样的缥缈。但对于母亲，没有了娘亲的村庄，因为有姐姐在，似乎依然残存着一丝温暖和寄托。

于是每一次与父亲冷战，母亲都会红着眼圈，趁父亲午休时拉起我，悄无声息地走出家门，走向那条正在午后的阳光下安静闪烁的沙河。

沙河里的水，在夏日的风里，哗啦哗啦地流淌。如果闭上眼睛，会以为那是风吹过树林发出的响声。正午，河的两岸静悄悄的，一个人也没有。就连知了也暂时停止了鸣叫，躲到树叶里小憩。对岸有一只老狗，蹲踞在高处的土坡上，不声不响地俯视着河水缓慢向前。河的中央，有一两片被虫子啃噬得千疮百孔的梧桐树叶，正打着漩儿，时而亲密地缠绕在一起，时而被冲刷到两岸，并被丛生的杂草拦住，无法浮动。鱼儿在清澈的河底欢畅地游来游去，它们从不会像落叶一样飘向远方，它们贪恋这一方水土，好像这里是它们永久的家园。一条鱼有没有故乡呢？它某一天跟着喜欢的恋人离去，生儿育女，繁衍新的家族，还会不会再回到这一片澄澈的水域，并想起曾经有一个红着眼圈的妇人，牵着小女儿的手，蹚过清凉的河水，与它擦肩而过？

一条鱼或许早已忘记，但我记得与母亲牵手蹚过河水时，河水里晃动的影子。影子在阳光的照射下，闪烁着炫目的光。脚下的沙子软软的，将我的双脚不停地吸进去，吸进去，似乎河床上有一张巨大的嘴，要将我和母亲吞噬。恍惚中，我手里晃晃悠悠的凉鞋，忽然掉落河中，并被瞬间湍急起来的河水，载着向前快速漂去。

娘，我的鞋子！我尖叫起来。

母亲立刻撒开我的手，在河里紧跟着鞋子跑。河水溅湿了母亲卷起的裤腿，连她衬衫的下摆，也沾上了飞旋起的沙子。浪花驱散受惊的群鱼，就连水草也惊慌地向着两岸飘去。可是那只孤独的鞋子，终于还是没有停下来等一等母亲，只不过片刻，它便被带去很远的地方，直到最后，我和母亲都失神地站在河里，注视着它变成一个小小的黑点，并最终从我们的视线中消失。

我小声地哭了起来，好像受了莫大的委屈。我看见母亲的眼泪，也跟着流了下来。那泪水无休无止，似乎她的眼睛里也有一条河流，浩浩荡荡，无边无沿，永不枯竭。母亲的哭泣是沉默无声的。沙河两岸的田野里了无人烟，没有人注意到我们的悲伤，除了沙河。它将我们的影子，用不息流淌的河水包裹起来，就像千万年前被永恒包裹住的一粒琥珀。在这巨大的静寂中，我似乎听见大地深沉的呼吸，自地心的深处传来。我在这样的呼吸中，忽然停止了哭泣。

娘，我们走吧。我擦掉眼泪，安慰母亲。

母亲缓缓地收回视线，用被河水溅湿的衣角，擦拭了一下眼睛，而后重新牵起我的手，一步一步朝对岸走去。

我的双脚，踩在软软的沙石堆积的河底，第一次觉出被硌到的疼痛。

上岸后，母亲将脚底的沙子擦去，穿上鞋子，又蹲下身去，将后背朝向我。我看一眼依然在不息流淌的河水，那里早已不见了鞋子的踪影。也许，它已经被吸进了泥沙中，只能等到某一天，沙河断流，现出干枯的河床，大风一日日吹过，卷起漫天的黄沙，并最终将那只已经腐烂的凉鞋吹出。只是现在，我的一只鞋子，它以河水一样决绝的态度，离开了我，且不知去向。我只能惆怅地回望一眼静寂空荡的河面，而后伏在母亲的后背上，听着流水的声音越来越远，直到最后，我们穿过一条公路，走向通往邻村的大道，将沙河彻底地落在了身后。

母亲背着我，穿过四五条曲折的小巷，途经两三条被日头晒得无精打采的老狗，又绕过几头当街横卧并啪嗒啪嗒拉屎的黄牛，跟一两个神情多疑的女人打过招呼，接受完她们好奇的盘问，这才在一个有着高大阔气门楼的庭院前停下。

娘，我要下来。我环顾四周，小声地对母亲说。

母亲蹲下身去，将我放下。我的脚踩到一块凉凉的东西，我抬起右脚，看到下面是一小块玻璃碎片。母亲也看到了，吓了一跳，立刻俯身捡起，丢进旁边的石子堆里。我于是一只脚站在地上，一只脚踩在门槛上，整个身体则倚靠在墙壁上，而后探头朝庭院里看去。

庭院里静悄悄的，只有一群鸡在埋头啄食，也或许它们在啄食着沙子。一头猪从某个角落里发出轻微的哼哼，两三只麻雀站在核桃树上，像我和母亲一样探头探脑地张望着什么。细细的风吹过，门口的一堆玉米秸发出窸窸窣窣的声响。一个老太太站在不远处的麦场里，疑神疑鬼地朝我们看过来。

我觉得那一刻，我和母亲很像要饭的，不知道该不该叫醒或许正在沉睡的庭院里的主人。空手而来的母亲，终没有像过年时走亲戚那样，将一提包的礼品喜气洋洋地抱在怀里，昂首挺胸地一脚跨进门槛，并用尽可能大的动静，提醒房间里的主人，出门迎接客人的到来。

是的，我们什么也没有带。我的手里，甚至还提着一只破旧的鞋子，又很失礼节地光脚站在人家的门口，并因为口渴，不停地没有出息地舔着干燥的嘴唇。背着我走了一路的母亲呢，则满脸的汗水；她的裤脚已经干了，但河里的泥沙依然残留在上面，左边的裤管还卷在膝盖处，忘了放下。

我忽然想要回家。我觉得家里尽管有板着脸的父亲，可是，那里毕竟是我们的家。只要再小心翼翼地熬过几日，等着父亲重绽笑颜，忘了争吵的烦恼，生活又会重新恢复到昔日的平静，我们的家依然有让人眷恋的温情。

于是我又朝母亲低低地恳求：娘，我想……回家……

母亲低头看我一眼，没有说话，但我敏锐地瞥见她的眼睛里闪过的一丝不安。我想母亲一定也想回家了吧，否则她不会站在姨妈家的门楼底下，迟迟不肯敲门，或者喊叫。想到这些，我便大胆地拽了拽母亲的衣角，那里潮乎乎的，还有河水的腥味。那腥味提醒着我，沙河里曾经发生的一切，也提醒着我，即将有可能发生的一切。

就在母亲被我摇晃得有些心烦的时候，堂屋的纱门吱呀一声打开。我看到人高马大的姨妈，摇摇晃晃地朝我们走过来。

我忽然间有些怕，像一只老鼠，嗖地躲到母亲身后，又露出半张脸来，窥视着明显带着一丝厌烦的姨妈。

今儿太阳从西边出来了，什么风把你们娘俩给吹来了？姨妈说话的时候，唾沫星子喷到了我的右脸颊上。

我擦了擦脸，抬头看母亲的脸色。她的眼圈又红了一些，但她忍住了，没有掉下眼泪来；而是拉着我跨过门槛，边走边红着脸说：也没什么事儿，就过来坐坐。

母亲始终没有抬起头。我提在手里的一只鞋子，以及光着的脚丫，让姨妈不屑地"哼"了一声，直接戳穿了母亲的谎言：又闹乱子了吧？天天不好好过日子，闹来闹去，也不知道有什么好闹的！

母亲低着头，看着姨妈气咻咻地转身进了堂屋。我牵着母亲的手，紧张地斜觑着她，想要从她的视线中，捕捉到下一刻我们将转身还是跟着姨妈走进堂屋的指令。可是那一刻的母亲，也变成了一个手足无措、不知进退的孩子。她的手甚至还轻微地颤抖起来，像沙河里一片漂泊的树叶，她急需抓住一些什么，否则一个大浪打过来，她会像我的鞋子一样，卷入神秘的黑洞，或者陷入淤积的泥沙，并永久地消失掉。最后，她一把将我揽进怀里，咬了咬下唇，流出一行眼泪。

那泪水落在我的脖颈上，温热的、湿漉漉的，又顺着脖颈倏然下滑，最后，在我胸前的某个位置，慢慢止住。

姨妈在堂屋里转过身，看着梧桐树荫下的我和母亲，半天才囔出一句：我说你们要哭也进来哭啊，站在院子里哭，不怕人家看了笑话啊？！

在姨妈啪啪摆放茶杯的响声里，母亲终于擦掉眼泪，拉起我，小心地绕过两泡鸡屎，迈进了堂屋。

堂屋里有些暗，我的眼睛一时间无法适应，便有些花，于是面前闪现出奇幻的星星点点，红的绿的蓝的紫的黑的，杂糅在一起，朝黑黢黢的房梁上飞。母亲已经将我摁在椅子上了，我还被裹挟在这团五光十色的飞升的彩球中，无法抽离。

二闺女怎么连鞋都给走丢了一只？姨妈一边倒着一杯热茶，一边盯着我的双脚道。

过沙河的时候，被水冲走了。母亲扶着茶杯，小声回复。

看你们娘俩，还能做什么！连双龟孙的鞋都抓不住！姨妈腾地起身，走向里屋去。椅子在她的身后，哐当一声倒在地上。

我听见里屋传出翻箱倒柜的声音，鞋子在砰砰地碰撞着橱柜，老式的柜门发出吱吱呀呀的响声，还有什么东西被姨妈气呼呼地扔到墙角，又反弹回来，发出一声钝响。

我有些不安，好像那反弹回来的器物，会穿越墙壁，击中我的脑门。我下意识地朝母亲身边靠了靠，最后，我的眼光落在面前的一盘桃酥上。那是一盘有着精致印花的桃酥，上面的花朵，比沙河边任何怒放的野花都更繁茂娇艳。而桃酥散发出的甜蜜的香气，则让黑洞洞的房间，忽然间明亮起来。那些闪烁的星星，慢慢消失掉，房间里的一切都清晰起来，好像沙河里的水纹退去，重现河底干净的石块、沙子，还有游鱼。

我很想用手指沾一下桃酥上的碎屑，用力地嗅一嗅这奇异的弥漫了整个房间的香味。可是那盘高贵的桃酥，并不属于我。姨妈甚至都没有舍得"虚让"我吃上一块。我猜测它们是每个月都可以领到工资的姨父，专门从镇上买来，给两个正读书的姨哥吃的。当然，因为一连为家族生了两个儿子，姨妈也会有份。而我和母亲这两个不速之客，除了很没出息地闻一闻那诱人的香味，是根本没有资格去品尝的。

我完全忘记了姨妈翻箱倒柜的声音，一心一意地注视着最上面那块饱满的桃酥。一只苍蝇飞过来，嗡嗡地叫着。它也被桃酥甜香的味道吸引住了，探头探脑地凑过来，想要一头扎下去吃上一口。母亲显然也注意到了这只苍蝇，放下茶杯，朝着半空用力挥了挥手。她还试图抓住那只苍蝇，可是却一次次只抓了满手的空气。最后，她放弃了这样的努力，跟我一起迷茫地注视着这只始终不肯离去的在头顶不停地飞旋的苍蝇，直到那叫声将我们弄得头晕，而姨妈也撩开帘子，提着一双男孩的黑色凉鞋走了出来。

我和母亲几乎同时正襟危坐起来，似乎面前这只依然猖狂的苍蝇和让人心神不定的桃酥，并不存在。姨妈将那双黑色的凉鞋啪一声丢在我的面前，而后拍打拍打手上的灰尘，说道：走的时候，穿上这双你姨哥的旧鞋子吧，光着脚从我们家出门，人见了笑话我。

母亲弯下身，捡起鞋子，吹了吹上面的浮灰，而后很认真地帮我穿上，又摸了摸鞋面，温柔地问我：挤不挤脚？我瞅着那双难看到让我有些难过的鞋子，嘴里勉强嘟囔出一句：不挤。母亲于是笑着直起身来，对姨妈说：正好，回去总算不用背着她了。

姨妈重新坐在我们对面，沉默了片刻，找不到话说。但她尖锐地捕捉到了我落在桃酥上的发亮的视线，于是便尴尬地咳嗽两声，并将盘子朝我推过来一些，努努嘴道：吃一块吧。我听出姨妈语气里的虚空，便看一眼母亲，她的脸上依然游移着一丝的客气、胆怯和茫然，好像她还没有从寻求姐姐帮助的小女孩的状态，切换过来。我的右手在腿上慢慢地移动，很想伸出去，立刻抓住那块太阳一样光芒四射的桃酥，放进嘴里，细细地品味它弥漫了整个房间的味道。可是，我又怕姨妈的脸色，会在我碰到桃酥的时候，猛地沉下去，连带地将房间里的光线，也给带暗了大半。

于是我犹豫着，右手挪到膝盖上，又探出一截，却始终没有朝着盘子再延伸过去。倒是那只讨厌的苍蝇，得意洋洋地落在了盘子边上。就在它大胆地用绿色的脑袋碰到桃酥的时候，姨妈捡起脚边的苍蝇拍子，照准那震动的翅膀，啪地打了下去。

我和母亲都被吓了一跳。我的右手也不由自主地缩了回去，手心一阵阵发麻，好像那拍子打在了我的手上。

奶奶的，馋嘴头子一个，念着这点桃酥多久了！姨妈气咻咻地骂了一句。

我仔细地瞅了一眼盘子，发现那里并没有苍蝇的尸体，也便放下心来，好像那只可怜的苍蝇，替我逃掉了惩罚。

姨妈啪地将苍蝇拍丢在地上，又探过身来，将最上面的桃酥掰下一半，并将苍蝇碰触过的那一边，递给了我。

哎，吃吧，看你们娘俩满头的大汗，走这一路，连口水也没喝上吧。姨妈又顺手将茶杯推到我们面前。

我想告诉姨妈，我们喝到水了，在沙河里。沙河里的水特别清，特别凉，一点灰尘也没有，而且甜甜的，好像放了白糖。我俯身喝水的时候，还捧起了一尾红色的小鱼，它在我的掌心里欢快地跳舞，我看它跳累了，才将它重新放回到河里。它朝我摇摇尾巴，恋恋不舍地潜入一片水草，随即消失不见。母亲弯腰的时候，我还看到她柔软的乳房晃来晃去，我很想像小时候那样掀起母亲的衣服，一口叼住她的乳头，沉迷在她温热的气息里。我们还在沙河里看到了自己的影子，除了母亲的眼睛有些红肿，她依然年轻好看。母亲对着流动的镜子，抿了抿头发，又洗了把脸，还帮我把耳朵根后的灰，用力地搓了又搓。

可是这些胡思乱想，最终还是跟桃酥一起，咽进了肚子里。桃酥的渣扑簌簌地落在我的腿上，母亲于是小声地提醒我，用手接着点，并将我腿上的碎渣拂到地上去。很快，那里就聚集了几只蚂蚁，兴高采烈地享用着美味的午后点心。有两只还拖着一块，小心翼翼地朝墙角走。那里簇拥着一小堆细碎的泥土，一只蚂蚁从里面爬出来，士兵一样四面张望着。

我被几只蚂蚁吸引了去，忘了姨妈，还有姨妈的脸色，也不再关心她跟母亲聊些什么。我只一心一意地吃着桃酥，并故意将更多的碎渣掉在地上，与蚂蚁们分享。我甚至想念那只可能被打折了一条腿的苍蝇，想着如果它也在，就可以在地上跳跃着，大快朵颐。

就在我的那一小半桃酥，终于被我小口小口吃完的时候，我听见母亲说：丫头，我们走了。我将视线从地上移到姨妈脸上，一时间有些恍惚。姨妈的脸好像瘦了一圈，不知道是说话多了太累，还是焦虑即将到来的晚饭，要不要给我们准备。落在纱窗上的阳光，向下移动了一些，似乎阳光也累了倦了，想要退回深山里去。我忽然想起沙河里那只顺水漂走的鞋子，不知道是不是也累了，逆水回到了原处。这样想着，我就站起身来，牵着母亲的手，又摇晃着她，示意她，我们可以一起回家了。

姨妈又絮叨起来：不留在这里吃饭了？

母亲微微笑着：不了，天也晚了。

那也好，早点回去，还赶得上做饭。姨妈快走一步，过去推门。我走了一步，想起盘子里剩下的桃酥，便忍不住回头看了一眼。姨妈站在门口，一手推着纱门，一手扗在腰上。她捕捉到了我眼睛里对桃酥的贪恋，于是咣当一声放开纱门，找了一张姨父看过的旧报纸，将剩下的几块桃酥包了进去。

可是母亲却拉起我的手，飞快地走出了门。她一边大踏步地向前，一边头也不回地喊：不用了，留着给她两个姨哥吃吧！

我们很快跨过门槛，沿着一排高大的杨树，走出了一百多米，才停下来，朝倚在大门口的姨妈挥了挥手。姨妈一手托着报纸里的桃酥，一手慵懒地抬起，挥挥手说：快点回家吧。

我和母亲再也没有回头。我们一口气走出了邻村，一直走到听见沙河里的水哗啦哗啦流淌的声音，才站住了，回转身，看一眼夕阳中的村庄。那里已经有牛哞哞的叫声，在大道上此起彼伏地响起。炊烟从每一个屋檐的瓦片上慢慢地飘出，它们并不关心屋檐下的人，是在争吵，还是恩爱。它们只向着天空，无限地飘荡。就像沙河里的水，也不关心我和母亲在这个午后经历了怎样的悲伤，它们只永不停歇地向着远方，哗哗地流淌。

整个黄昏的晚霞，都落进了河里，河水便红得似火，好像正在燃烧的天空。我和母亲小心翼翼地蹚水向前，那团五光十色的火，便在水里跟着震动。于是整条河都动荡起来，似乎有什么隐秘的故事即将发生。一只鹰隼尖叫着划过被晚霞铺满的天空，一列大雁排着长队浩荡地穿过村庄。一切声息都在黄昏中下落，沉淀。大地即将被无边的黑色幕布，悄无声息地罩住。

静寂中，沙河的水声，从地表的深处向半空中浮动。那声音越来越大，越来越大，直至最后，风吹过来，整个村庄，只听见一条河流自遥远的天地间喷涌而出，而后沿着广袤的田野不息地流淌，向前，并掩盖了尘世间所有的悲欢。

河流的两岸，女人找寻孩子回家的呼唤，一声一声，又响起来了。

后　记

　　修改完这部书稿的时候，正是春天。每天午后，打开电脑准备工作之前，我都会透过窗户，看一会天空。

　　有时，那里是簇拥的云朵，它们闲云野鹤，或者万马奔腾，在喧哗的红尘之上，自成一个高贵的王国。有时，那里是一片幽深的湖水，人看一会，就会跌进永无止境的深蓝的晕眩。有时，大风呼啸而来，那里便发出让人惊惧的吼声，仿佛整个星球都被攻占。更多的时候，那里空空荡荡，什么也没有，好像天空根本不关心人类，它俯视苍茫的大地，看人间喧哗吵嚷，没有惊疑，也无悲喜。

　　在修改的间隙，我也会出门走走。路上行人渐渐多了起来，生活开始慢慢回到昔日正常的轨道，那些曾经让我厌倦的日常，而今再看，却如此动人。好像一场大雨过后，枝头婆娑的树叶，闪烁着鲜亮的光泽；又似大病初愈的人，跨出家门，忽然间看到的寂静的街巷。一切都充满了勃勃的生机，死亡与新生，就这样在天地间碰撞出奇异之美。

一晃，我已在苍茫的北疆大地上生活了十年，我却好像刚刚与它相识。我在这里，完成了对泰山脚下故乡的系列书写。我也在这里，一一走过草原、森林、沙漠、戈壁等与平原完全迥异的地貌，真正理解了"悲悯、苍凉、辽阔、壮美"这些抽象的词语。所以这十年的书写，与故乡有关，却又带有浓郁的蒙古高原的开阔与寂静。

当我走在北方大地上，并未有太多的悲伤。我始终相信，一切被摧毁的，都将会重生。犹如我不止一次在城市高楼大厦的水泥缝隙中，看到蓬勃生长的野草，那弱小却柔韧的力量，让每一个无意中瞥见的人，都会内心震动，并忍不住停下脚步，与一株坚强的生命，沉默地对视片刻。

对于生命万物的尊重，几乎成为我人生的信仰。而这样朴素的信仰，来自我的第二故乡——蒙古高原。

我因此将这本书写故乡的书，献给这片盛放我所有哀愁的大地。

是为记。

飞　鸟
与　河流